Melody Carlson

**Hannas Weihnachtsgäste**

Melody Carlson

# *Hannas Weihnachtsgäste*

Erzählung

BRUNNEN
Verlag Giessen · Basel

Die amerikanische Originalausgabe erschien unter dem Titel
»The Christmas Bus« bei Fleming H. Revell, a division of
Baker Publishing Group, Grand Rapids, Michigan, 49516, USA


Deutsch von Evelyn Reuter


www.brunnen-verlag.de
Umschlagfoto: Getty Images, Fotolia
Umschlaggestaltung: Sabine Schweda
Satz: DTP Brunnen
Druck: CPI – Ebner & Spiegel, Ulm
ISBN 978-3-7655-4084-4

# *Inhalt*

# *Prolog*

20. Dezember

»Wo sind wir bloß?« Amy zog sich die Wolldecke fester um die Schultern. Vom Beifahrersitz aus blickte sie durch die Schmutz verschmierte Scheibe auf die karge, hügelige Landschaft.

»Immer noch in Oregon, irgendwo im Norden.« Collin lenkte das Fahrzeug nach rechts auf die Kriechspur und ließ eine Reihe von Autos überholen. »Bald haben wir die Berge vor uns. Ich hoffe, die Steigung ist nicht zu viel für die gute alte Queenie und wir schaffen es über den Pass. Die alte Kiste hat schon in den Rockies beinahe den Geist aufgegeben.«

Die Abkürzung »Queenie« stand für »Queen Mary«. So hatten sie zu Beginn ihrer Reise ihren betagten, zum Wohnmobil umgebauten Schulbus getauft. Sie waren unterwegs von der Ostküste nach Kalifornien. »Queen Mary« war ein passender Name, denn das improvisierte Reisegefährt war groß wie ein Schiff und verbrauchte schätzungsweise fast genauso viel Treibstoff. Collin hegte die Befürchtung, dass ihre Reisekasse durch die steigenden Benzinpreise bald vollständig erschöpft sein und der altersschwache Motor nicht mehr bis San Diego durchhalten würde. Doch das behielt er vorläufig für sich.

»Ich hoffe, ich schaffe es über den Pass ohne weiteren Toilettenstopp.« Amy streichelte ihren prallen Bauch, als wollte sie dem ungeborenen Kind versichern, dass alles in Ordnung sei und dass sie rechtzeitig zu Weihnachten im sonnigen Kalifornien sein würden. Bis Heiligabend waren es nur noch fünf Tage.

»Müssen wir denn unbedingt über die Berge?«, fragte sie, den Blick auf das allmählich ansteigende Gelände gerichtet. Die Gebirgsausläufer waren von immergrüner Vegetation bedeckt, eine willkommene Abwechslung nach vielen Kilometern trockener Einöde.

Collin zuckte die Schultern. »Ich weiß nicht. Auf der Karte sah es so aus, als ob das der kürzeste Weg wäre.«

»Scheint eine ziemlich einsame Gegend zu sein.«

»Wenn wir erst über den Pass sind, kommen wieder mehr Ortschaften«, versicherte Collin. Er deutete auf einen Wegweiser. »Schau mal, dort steht ›Christmas Valley, 11 Meilen‹.«

»Christmas Valley?« Amy kramte in ihrer überdimensionalen Handtasche. »Bei der letzten Tankstelle habe ich einen Prospekt über die Stadt mitgenommen.« Sie förderte ein eselsohriges Faltblatt zutage. »Hier steht: ›In einer geschützten Talsenke der östlichen Ausläufer der Cascade Mountains in Oregon liegt das idyllische Städtchen Christmas Valley. Der malerische kleine Ort erhielt seinen Namen durch zwei Pelzjäger, die dort während des schweren Schneesturms von 1847 Zuflucht suchten.‹« Sie blickte von dem Prospekt auf und schaute wieder aus dem Fenster. Ihr schauderte beim Gedanken an einen Schneesturm, während sie die schweren, grauen Wolken am Himmel betrachtete. »Glaubst du, es wird schneien, Collin?«

»Hoffentlich nicht.« Er blickte unverwandt auf die Straße, und Amy wandte sich wieder dem Reiseprospekt zu.

»›Seit jenem kalten Winter‹«, las sie, »›wandelte sich die Stadt von einem unbedeutenden Punkt auf der Landkarte zu einer kleinen Handelsniederlassung und Bergbausiedlung. Später mauserte sie sich zu einer blühenden Holzfällerstadt mit Eisenbahnanschluss. Während der Rezession der Achtzigerjahre kam es zu einem Niedergang der Holzindustrie aufgrund ökologischer Bedenken, da die ausgedehnten Wälder Lebensraum für zahlreiche bedrohte Tierarten bieten, wie etwa für den Fleckenkauz und die Polarkröte.‹«

Collin lachte. »Was ist denn eine Polarkröte?«

Amy schüttelte den Kopf. »Weiß ich auch nicht. Aber es klingt fast so, als wäre sie mit schuld am wirtschaftlichen Niedergang dieses ›Weihnachtstals‹.«

»Und danach?«

»Hier steht, dass die Eisenbahnstrecke neu verlegt wurde und die Stadt sich ein neues Image schaffen musste, wenn sie nicht von der Landkarte verschwinden wollte.« Den restlichen Text überflog sie lediglich, damit ihr nicht wieder schlecht wurde, während sie auf der kurvenreichen Straße las. »Hört sich so an, als hätten sie es geschafft, den Namen zu vermarkten. Christmas Valley scheint heute eine Touristenstadt zu sein, in der es das ganze Jahr über um Weihnachten geht.«

»Interessant«, murmelte Collin.

Amy sah die länger werdenden Schatten der Tannen vorüberfliegen. Langsam senkte sich die Dämmerung über die Landschaft. »Ich finde, die Gegend sieht ziemlich weihnachtlich aus. Es fehlt nur noch der Schnee.« Wie durch ihre Worte heraufbeschworen, begannen kurze Zeit später dicke weiße Flocken vom Himmel zu schweben und ließen sich auf der Windschutzscheibe nieder. »Collin, schau!«, rief sie. »Es schneit wirklich!«

Collin stöhnte und setzte die Scheibenwischer in Gang. Schnee war so ziemlich das Letzte, was sie gebrauchen konnten.

»Wer hier wohnt, kriegt weiße Weihnachten!« Amy freute sich wie ein Kind.

Collin grunzte zustimmend und schaltete einen Gang herunter. Er war kein Automechaniker und wusste wenig vom Innenleben eines Motors. Doch ihm schwante, dass das schleifende Geräusch unter der Motorhaube, das lauter und lauter zu werden schien, nichts Gutes verhieß. Er befürchtete, dass sie es heute Nacht nicht mehr über den Pass schaffen würden.

»Vielleicht sollten wir uns das Städtchen mal ansehen«, sagte er deshalb, als der Abzweig nach Christmas Valley auftauchte. Laut Wegweiser war die Ortschaft nur noch eine Meile entfernt.

»Wirklich? Können wir? Oh, bitte!«

»Warum nicht.«

Und so rollte der große, grell bemalte Bus wenig später in den stillen, verschlafenen Ort.

»2.142 Einwohner«, las Amy, als sie das Willkommensschild am Ortseingang passierten. Obwohl es erst kurz nach fünf war, schien es, als hätten die meisten Geschäfte bereits geschlossen – der Lebensmittelladen, das Haushaltswarengeschäft, der Friseursalon und ein gutes Dutzend kleinerer Geschäfte, die sich auf Weihnachtsartikel spezialisiert hatten.

»Sieh mal«, sagte sie, »Café Nordpol.« Sie lachte und deutete auf die gegenüberliegende Straßenseite. »Und das Restaurant da drüben heißt ›Bei Mrs Santa‹. Ist das nicht süß?« (»Santa Claus« heißt der amerikanische Weihnachtsmann; d. Übers.)

Collin parkte den Bus an der Hauptstraße, direkt vor dem besagten Restaurant. Sie stiegen aus und sahen sich um. Die Straße schien wie ausgestorben. Der Schnee fiel jetzt in dicken Flocken. Amy kam es so vor, als sei sie auf der ganzen Reise nie so glücklich gewesen wie jetzt, wo sie dastand und mit glänzenden Augen die Auslagen in den Schaufenstern und die weihnachtlich geschmückte Stadt betrachtete. So, als sei plötzlich ihre alte Fröhlichkeit zurückgekehrt, die Collin so lange vermisst hatte. Also beschloss er, das Beste aus der Situation zu machen.

»Komm, lass uns hier einen Happen essen«, schlug er vor. Sie betraten Mrs Santa's Restaurant und bestellten »Blitzen Burger« (die Hauptgerichte waren nach den Rentieren benannt, die in der Geschichte von Santa Claus seinen Schlitten zogen).

»Sie sind auf der Durchreise?« Die freundliche Kellnerin trug eine Weihnachtsmannmütze und eine rot-weiß gestreifte Schürze mit dem Schriftzug »Mrs Santa« in schwungvoll gestickten Buchstaben. Collin hörte, wie jemand sie »Gloria« nannte.

»Ja«, antwortete Collin, während er genug Geld hervorkramte, um die Rechnung zu begleichen und ein bescheidenes Trinkgeld dazuzulegen. »Doch ich glaube, wir werden die Nacht über hierbleiben.«

»Ist das Ihr Bus da draußen?«, ertönte eine Stimme aus dem Hintergrund. Als Collin sich umdrehte, sah er eine Polizeiuniform. Der Gesichtsausdruck, mit dem der Polizist das junge Paar musterte, war alles andere als wohlwollend und äußerst unweihnachtlich obendrein.

»Ja.« Collin nickte höflich. Auf keinen Fall wollte er sich mit der örtlichen Polizei anlegen.

»Dort kann das Fahrzeug jedenfalls nicht stehen bleiben.«

»Ich habe kein Parkverbotsschild gesehen.«

»Auch wenn dem so ist, können Sie nicht einfach so am Straßenrand parken. Es gibt eine Verordnung, die das Dauerparken von Wohnmobilen in der Innenstadt verbietet. Und sagten Sie nicht gerade, dass Sie die Nacht hier verbringen wollen?«

Collin warf Amy einen Seitenblick zu, die ihn hoffnungsvoll anschaute. »Ja, schon. Meine Frau ist schwanger, und die lange Reise war für sie sehr anstrengend. Es wäre besser, wir würden eine Pause einlegen und hier übernachten.« Er zog es vor, den möglichen Motorschaden nicht zu erwähnen, allein schon, um Amy nicht zu beunruhigen.

»Ich kenne ein hübsches kleines Bed-&-Breakfast-Hotel«, sagte Gloria, während sie die Theke sauber wischte. »Es heißt ›Zum Guten Hirten‹ und ist ganz in der Nähe. Es ist zwar klein, aber sehr gepflegt und gemütlich. Sie haben bloß fünf oder sechs Zimmer, aber soviel ich weiß, sind sie nicht ausgebucht.«

»Vielen Dank.« Collin hörte artig zu, als die Wirtin ihm den Weg zum Hotel beschrieb.

»Das klingt gut«, meinte Amy und schenkte dem Polizisten ein strahlendes Lächeln. Er nickte zustimmend und wünschte ihnen steif und förmlich frohe Weihnachten.

Das Schneetreiben war dichter geworden, als Collin und Amy das Restaurant verließen. »Heute Nacht wird es kalt«, bemerkte Amy, während sie mit schnellen Schritten auf den Bus zuhielten.

»Es wird schon gehen«, sagte Collin mit gespielter Zuversicht. Ein Windstoß blies eiskalte Luft ins Wageninnere. Collin zwang sich zu einem Lächeln, kletterte auf den Fahrersitz und zog eilig die Tür zu. »Na dann, auf zu dem kleinen Hotel.«

Doch anstatt den direkten Weg einzuschlagen, drehte er eine großzügige Runde durch das ganze Städtchen. Wie nicht anders zu erwarten war, gab es wenig zu sehen, doch er dehnte seine Stadtrundfahrt so lange wie möglich aus, vorbei am Postamt, an der Grundschule und durch die umliegenden Wohnviertel, bis sie wieder in die Hauptstraße einbogen.

»Was fährst du hier im Kreis herum, als wolltest du Zeit schinden?«, fragte Amy nach einer Weile ungeduldig. »Ich bin müde. Fahr doch bitte ohne weitere Umwege zu dieser Pension.«

»Schon gut«, sagte er langsam. »Die Sache ist nur, Amy, dass wir es uns beim besten Willen nicht leisten können. Die Hotelübernachtung, meine ich. Dabei ginge wahrscheinlich unsere gesamte Benzinkasse drauf.«

Amy lachte. »Ach, Collin! Ich habe nicht im Traum daran gedacht, dass wir uns dort ein Zimmer nehmen! So verlockend das auch klingt – mir war klar, dass wir im Bus schlafen und bloß vor dem Hotel parken würden, damit der Polizist zufrieden ist.«

Collin atmete erleichtert auf und bog in die besagte Straße ein.

# 1. Im Café Nordpol

Vor mehr als fünfundzwanzig Jahren hatten die unter der schlechten wirtschaftlichen Lage leidenden Geschäftsleute von Christmas Valley beschlossen, es sei nun an der Zeit, den weihnachtlichen Namen ihres Städtchens geschickt einzusetzen.

»Christmas Valley als Weihnachtsmetropole des Nordwestens«, so lautete die Schlagzeile des Wochenblättchens 1980, in dem Jahr, als der »Örtliche Verein zur Förderung des städtischen Tourismus« gegründet wurde. Die Anfänge waren bescheiden. Verschiedene Fundraising-Aktivitäten wurden durchgeführt, Lichterketten und Weihnachtsschmuck gekauft und Veranstaltungen rund um Weihnachten für die Monate November und Dezember geplant.

Im Laufe der Jahre wuchsen sich dann die letzten Wochen des Jahres in Christmas Valley zu einer Art fünften Jahreszeit aus, die alljährlich nach dem 31. Oktober ihren Lauf nahm.

»Diese Wochen sind für uns die einträglichsten des ganzen Jahres, und wir sollten sie voll ausschöpfen«, pflegte Bürgermeister Drummel (alias Santa Claus) bei der alljährlichen Planungsveranstaltung des Tourismusvereins Ende März zu sagen. Und jeder gab sich Mühe, die Zeit auszunutzen. Allerdings stellte sich bei manchen Einheimischen langsam eine gewisse Weihnachtsmüdigkeit ein, und bei der Dauerberieselung mit »Jingle Bells« aus allen Lautsprechern war es nur allzu verständlich, wenn manche weniger weihnachtlich gestimmten Mitbürger es den Zugvögeln gleichtaten und nach Phoenix in Arizona oder Palm Springs in Südkalifornien aufbrachen, sobald der erste Nikolausstiefel am Horizont auftauchte.

Nicht so Hanna Gordon, die Inhaberin der Pension »Zum Guten Hirten«. Wie jedes Jahr sah sie der Adventszeit mit kindlicher Freude entgegen. »Von mir aus könnte es das ganze Jahr über Weihnachten sein«, hörten Freunde und Nachbarn sie sagen. In bester Laune ging Hanna immer an ihre Weihnachtsvorbereitungen und rüstete sich für den Besuch ihrer Großfamilie, die mittlerweile aus vier erwachsenen Kindern, deren Ehepartnern und fünf Enkelkindern im Alter von ein bis neun Jahren bestand. Sie freute sich jedes Jahr darauf, die Feiertage gemeinsam mit ihrer Familie in dem geräumigen, stilvoll eingerichteten Haus zu verbringen, das für den Rest des Jahres als Frühstückspension diente.

Ihr Mann Charles war der Pastor der einzigen noch verbliebenen Kirche im Ort, und man munkelte, Hanna hätte schon um seinetwillen keine andere Wahl, als optimistisch zu sein. Die Zahl der Gottesdienstbesucher ging mehr und mehr zurück. Umso stärker war vermutlich Hannas lebensbejahende Einstellung gefragt, um ihren Mann moralisch zu unterstützen, zumal einige Gemeindemitglieder es darauf anzulegen schienen, das Gegenteil zu tun.

»Ist euch auch aufgefallen, dass es Pastor Gordon in letzter Zeit am nötigen Schwung fehlt?«, meinte Olive Peters aus heiterem Himmel während des allwöchentlichen Handarbeitskreises. Selbstverständlich wagte sie so etwas nur zu sagen, weil die Frau des Pastors an jenem Abend abwesend war. »Nun ja, er kommt auch langsam in die Jahre.«

»Was erwartest du – schließlich sitzt er seit einer halben Ewigkeit auf dieser Pfarrstelle«, bemerkte ihre beste Freundin Helen Johnson, eine pensionierte Armeekrankenschwester. Diese beiden waren es, die meistens das Wort führten; die anderen Frauen saßen wie häufig schweigend über ihre Handarbeit gebeugt.

»Manchmal denke ich, man müsste ihm zu verstehen geben, dass er getrost und ohne Schuldgefühle die Freuden des Ruhestandes genießen dürfte«, fuhr Olive fort, die ihrerseits auf die sechzig zuging.

»Und es wäre wirklich nur zu seinem Besten«, ergänzte Helen.

»Dann könnten wir vielleicht einen jungen Pfarrer einstellen, der ein bisschen mehr Pep hat«, sagte Olive, während ihre weitsichtigen Augen die Nadel fixierten, um den Faden einzufädeln. Nicht, dass eine der Frauen ihrerseits besonders viel »Pep« hatte, auch wenn Helen sich kürzlich einen neuen, modischen Haarschnitt hatte machen lassen.

»Bei einem Jüngeren würde mal frischer Wind von der Kanzel wehen.« Olive kniff die Augen zusammen und versuchte zum dritten Mal, den widerspenstigen Faden einzufädeln. »Dann würden endlich wieder mehr Leute zum Gottesdienst kommen.«

»Ja«, stimmte Helen zu, »wir brauchen dringend jemanden, der es versteht, die jungen Leute anzusprechen.«

»Alle Leute«, fügte Olive hinzu. »In unserer Stadt wimmelt es von Menschen, die noch nie einen Fuß über die Schwelle einer Kirche gesetzt haben. Die müsste man einladen. Nie zuvor ist unsere Gemeinde so geschrumpft wie in diesem Jahr.«

»Vielleicht bräuchten wir jemanden mit einer moderneren Weltanschauung«, warf Helen ein. »Wir alle schätzen Pastor Gordon, aber er ist manchmal ein bisschen altmodisch, findet ihr nicht auch?«

Im Kreis der Frauen saß auch Hannas gute Freundin Polly Emery, die ihre Gedanken für sich behielt, um keinen Streit vom Zaun zu brechen. Dann würde die Patchworkdecke nie fertig, an der sie alle gemeinsam nähten und die ein Weihnachtsgeschenk für eine bedürftige Familie im Ort sein sollte. Aber Polly konnte nicht anders, als es Hanna am darauffolgenden Tag zu erzählen, während die beiden Frauen im »Café Nordpol« beim Kaffee saßen.

»Ich erzähle solche Sachen nur ungern«, beteuerte sie, nachdem sie sich alles von der Seele geredet hatte. »Aber ich dachte, du solltest wissen, was die Frauen so reden, Hanna. Ich denke dabei vor allem an Charles. Schon um seinetwillen solltest du auf der Hut sein, wenn du weißt, was ich meine.«

Aus den vorsintflutlichen Lautsprechern des kleinen Cafés schepperten Weihnachtslieder. Hanna ließ Pollys Worte auf sich wirken. »Also, ja, Charles wird nächstes Jahr fünfundsechzig«, sagte sie mit einem Anflug von Erstaunen, als könnte sie es selbst nicht glauben. Manchmal vergaß Hanna, dass ihr Mann beinahe zehn Jahre älter war als sie. »Aber das ist doch noch nicht alt, nicht besonders alt, meine ich. Und er versteht sich gut mit den jungen Leuten – oder etwa nicht?«

»Doch, doch, natürlich, Hanna. Und Charles hat sich gut gehalten. Man merkt ihm die Jahre nicht an, da hast du recht. Es liegt nicht an ihm, dass so wenig junge Leute zur Kirche gehen. Es liegt daran, dass sie alle wegziehen, um irgendwo anders Arbeit zu finden. Ich meine *richtige* Arbeit, denn jeder weiß doch, dass wir in Christmas Valley keine echten beruflichen Perspektiven bieten können.«

Hanna seufzte auf. »Da wir gerade von den jungen Leuten sprechen ... Es sieht so aus, als ob dieses Weihnachten keins von unseren Kindern nach Hause kommt.«

Polly machte ein entsetztes Gesicht. »Ist das wahr? Aber warum denn? Bei Tommy und Alicia ist es ja verständlich, da sie nun in Deutschland stationiert sind. Und du hast vor einiger Zeit erzählt, dass Katie und ihre Familie dieses Jahr vielleicht nicht aus Florida anreisen können. Aber was ist mit Jack und seiner jungen Frau – wie hieß sie doch gleich?«

»Constanze.«

»Ja. Ich dachte, sie wollten auf jeden Fall kommen.«

»Constanze fand, dass sie Weihnachten diesmal bei ihrer Familie verbringen sollten. Was nur allzu verständlich ist. Schließlich waren sie letztes Mal bei uns, weißt du noch?«

»Und was ist mit Krista? Soviel ich weiß, fallen die Feiertage so, dass Lehrer fast zwei Wochen freihaben. Und sie wohnt in Seattle, nur wenige Autostunden entfernt.«

»Krista rief heute Morgen an. Ein Lehrerkollege hat eine Ferienwohnung auf Hawaii, und sie kann dort mit einer ganzen Gruppe aus dem Kollegium die Feiertage verbringen. Weihnachten auf Hawaii – eine einmalige Gelegenheit, die sie sich nicht entgehen lassen wollte.«

»Oh …« Polly wusste nicht, was sie dazu sagen sollte.

»Also sind wir dieses Jahr nur zu zweit, Charles und ich.«

»Ich würde euch ja gern zu uns einladen, aber wir haben Sandy und Stevie versprochen, dass wir Weihnachten bei ihnen feiern. Wir werden die ganze Woche nicht da sein.«

Hanna streichelte Pollys Hand. »Nun hab mal unseretwegen keine Sorgen, Polly. Wir werden das Beste daraus machen.«

Auf dem Heimweg war Hanna sich dessen nicht mehr so sicher. Weihnachten ohne Kinder und Enkelkinder, ohne ihr fröhliches Lachen, ohne das Getrappel kleiner Füße treppauf und treppab, ohne klebrige Fingerabdrücke am Erkerfenster, ohne erwartungsvolle Kinderaugen unterm Weihnachtsbaum? Weihnachten in einem stillen, leeren Haus? Ohne die Menschen, die Jahr für Jahr die hohen Räume ihrer alten viktorianischen Villa mit Leben füllten? Es war nur schwer vorstellbar. Ja, es war einfach undenkbar!

Sie ging durch die weihnachtlichen Straßen, und trotz des großen, festlich geschmückten Weihnachtsbaums im Zentrum, trotz der bunten Weihnachtsdekoration an jeder Straßenlaterne, trotz der lebensgroßen Skulptur von Santa Claus und seinem Rentierschlitten auf dem Parkplatz neben dem »O Tannenbaum«-Geschenkeladen, trotz der Kränze und Girlanden und Lichterketten in den Schaufenstern war ihr ganz und gar nicht weihnachtlich zumute. Ihre Gedanken kreisten einzig und allein darum, dass sie die schönste Zeit des Jahres ohne ihre Kinder und Enkel verbringen musste.

Sie sah zum blauen, wolkenlosen Himmel auf. Es musste mindestens fünfzehn Grad warm sein. Selbst das Wetter war kein bisschen weihnachtlich. Und bis Heiligabend waren es nur noch knapp zwei Wochen … Nichts war, wie es sein sollte.

## 2. *Hinter alten, schönen Fenstern*

Es war Mittwochabend. Wie jeden Mittwoch würde Charles in der Kirche seinen Gottesdienst zur Wochenmitte halten. Hanna hatte eine leichte Mahlzeit vorbereitet, und als sie sich nun an dem großen Tisch gegenübersaßen, brachte sie es nicht übers Herz, ihm zu sagen, dass niemand von ihren Kindern zu Weihnachten nach Hause kommen würde. Sie beschloss, mit dieser traurigen Nachricht noch zu warten. Stattdessen erzählte sie von der interessanten Radiosendung, die sie am Nachmittag beim Backen verfolgt hatte. Ein selbst gebackenes Früchtebrot stand duftend vor ihnen auf dem Tisch. Die anderen fünf Laibe wollte sie einfrieren, als Vorrat für unvorhergesehene Gäste oder um sie zu verschenken.

»Kaum zu glauben, dass es schon wieder Dezember ist«, bemerkte Charles und wischte sich den Mund mit einer rot-grün karierten Serviette. »Es kommt mir vor, als sei jedes Jahr kürzer als das vorige.«

»So ist das wohl, wenn man älter wird«, erwiderte sie, während sie den Tisch abräumte. »Man sagt, mit den Jahren vergeht die Zeit immer schneller.«

»Kann ich dir in der Küche helfen?«, bot er wie immer an.

Und wie jeden Mittwochabend antwortete sie: »Danke, mein Lieber, heute nicht. Geh du ruhig auf dein Zimmer und bereite dich auf deine Predigt vor oder ruh dich ein bisschen aus.«

Er küsste sie flüchtig auf die Wange, bedankte sich für das köstliche Essen und zog sich zurück, während sie das Geschirr in die Spülmaschine stellte. Mit der rot-grünen Bordüre an den Wänden und den goldfarbenen, mit bunten Flickenteppichen bedeckten Holzdielen strahlte Hannas Küche eine heitere Behaglichkeit aus. Die Küche war ihr Reich, und sie verbrachte ihre Zeit gerne dort. Ob sie backte, putzte oder an ihrem kleinen Ahorn-Schreibtisch in der Ecke saß – dies war ihr persönliches Revier, und jeder respektierte das. Über der Tür hing sogar ein kleines Schild; es wies Gäste freundlich darauf hin, dass der Eintritt »für Unbefugte nicht gestattet« war.

Dass Gäste in ihre Privatsphäre eindrangen, dürfte während der nächsten zwei Wochen kein Problem sein, denn wie gewöhnlich hatte Hanna für die Weihnachtstage keine Reservierungen angenommen. Diese kostbare Zeit des Jahres gehörte ihrer Familie. Wie jedes Jahr waren die ersten beiden Dezemberwochen abwechslungsreich gewesen. Aber ihre letzten Gäste, ein nettes älteres Ehepaar, waren am Vortag abgereist.

In den vergangenen Jahren hatte sie die Ruhe vor dem Sturm genossen, bevor die Großfamilie einfiel, Weihnachtsgottesdienste vorbereitet werden mussten und der alljährliche Rummel in der Stadt seinen Höhepunkt erreichte. Nun war alles anders. Dieses Jahr würde die Stille der einzige Gast im Hause sein. Als Hanna ihre Hände an dem mit aufgestickten Tannenzweigen verzierten Handtuch abtrocknete, wusste sie nicht, ob und wie es ihr gelingen würde, diese Stille zu ertragen.

Sie hörte, wie die Haustür ins Schloss fiel, und wusste, dass Charles sich auf den Weg zur Kirche gemacht hatte. Sie lag gleich gegenüber von ihrem Haus. Er pflegte gern zeitig hinüberzugehen, um das Licht einzuschalten, die launische Heizung höherzustellen und ein paar Minuten Zeit für Stille und

Gebet zu finden. Charles hatte immer an die Kraft des Gebets geglaubt. Auch Hanna faltete die Hände. Sie dachte an Charles und seine Predigt. Gott möge seine Worte segnen und auch die Menschen, die sie hören würden. Sie dachte an Olive und Helen. Oh, möge Gott ihnen helfen, in Zukunft ihre Zunge besser im Zaum zu halten.

Sie erhob sich, zog ihre warme Lieblingsjacke über und begab sich ebenfalls zur Kirche. Ein Mantel war überflüssig an diesem für die Jahreszeit unverhältnismäßig milden Abend.

Es gab Tage wie heute, da wäre Hanna lieber zu Hause geblieben. Doch vielleicht war eine ermutigende Adventspredigt genau das, was sie heute Abend brauchte. Etwas, das ihr half, sich wieder auf die *wahre* Bedeutung von Weihnachten zu besinnen.

Auf dem Gehweg blieb sie kurz stehen, und ein zufriedenes Lächeln huschte über ihr Gesicht, als sie die farbenprächtigen Glasfenster der Kirche betrachtete. Warm und einladend in der samtschwarzen Nacht. Sie dachte an die Zeit, als die Fenster in einem solch desolaten Zustand gewesen waren, dass der Kirchenvorstand beschlossen hatte, sie durch pastellfarbene Milchglasscheiben zu ersetzen, von der Art, wie sie für Duschkabinen verwendet wurden. Hanna hatte den Gedanken nicht ertragen können und alles daran gesetzt, die Fenster zu erhalten. Sie hatte die Frauengruppe zu Spendenaktionen animiert, um das nötige Geld aufzubringen – durch Flohmärkte, Versteigerungen von gespendeten Haushaltsartikeln und den Verkauf von Kuchen und Gebäck. Die noch fehlende Summe bestritt Hanna heimlich von ihren eigenen Ersparnissen, und so konnten die schönen alten Fenster restauriert werden. *Was für eine schöne kleine Kirche*, dachte sie, als sie die Straße überquerte, *was wäre unser Städtchen ohne sie*.

Sie dachte daran, wie sie und Charles damals in den Siebzigerjahren nach Christmas Valley gekommen waren. Es war seine erste Pfarrstelle nach seiner Ordination gewesen. Sie waren so jung gewesen und voller Hoffnung. Natürlich ging nicht immer alles ohne Konflikte ab, und das Leben in einer Kleinstadt hatte Vor- und Nachteile. Frühzeitig mussten sie erfahren, dass das Leben einer Gemeinde durch Klatsch, Missgunst und Neid oder Geldgier gefährdet werden konnte. Alles in allem waren sie jedoch froh über ihre Entscheidung, hierzubleiben, denn nirgendwo auf der Welt hätten sie heute lieber wohnen mögen als hier in Christmas Valley.

Trotzdem ärgerte sich Hanna, dass Leute wie Helen und Olive sich das Maul darüber zerrissen, dass Charles »langsam zu alt« würde. Schließlich hatten die beiden selbst die Konfirmation auch schon ziemlich lange hinter sich. In Gedanken versunken stieg Hanna die steinerne Treppe hinauf und streckte ihre Hand nach dem bronzenen Griff an der schweren Holztür aus.

»Guten Abend, Mrs Gordon!«, ertönte eine helle, vertraute Stimme hinter ihr. Hanna drehte sich um und sah Mrs Fish am Fuß der Treppe stehen. Mrs Fish war in der fünften Klasse Tommys Lehrerin gewesen. Nun war sie schon viele Jahre im Ruhestand. Nach Hannas Schätzung musste sie über neunzig sein. Sie wusste es nicht genau, denn die alte Dame hielt ihr wahres Alter geheim.

»Guten Abend«, grüßte Hanna zurück und ging noch einmal die Treppe hinunter. Sie schob Mrs Fish sanft eine Hand unter den Ellbogen und half ihr langsam die Treppenstufen hinauf. »Was für ein schöner lauer Abend heute, nicht wahr?«

»Ja, meine alten Knochen denken, es wäre Frühling.«

»In der Tat nicht besonders weihnachtlich, dieses Wetter«, stimmte Hanna zu.

»Wer weiß«, entgegnete Mrs Fish, als sie die oberste Stufe erklommen hatten, »vielleicht hat auch unser himmlischer Vater damals im Heiligen Land für freundliche Temperaturen gesorgt in jener Nacht, als sein Sohn geboren wurde.«

Die Worte der alten Dame gingen Hanna durch den Kopf, während sie ihr die Tür aufhielt. »Das könnte sein, Mrs Fish. So habe ich das noch nie gesehen.«

Mrs Fish zog ihre Handschuhe aus, verstaute sie sorgfältig in ihrer Handtasche aus weichem Leder und richtete ihren Blick wieder auf Hanna. »Wahrscheinlich, weil für die meisten Leute bei uns Weihnachten und Schnee zusammengehören. Doch die Bibel macht keine genauen Angaben über das Wetter in der Nacht, als unser Heiland geboren wurde, oder?«

Hanna nickte. »Wenn man das so betrachtet, haben Sie sicher recht, Mrs Fish.«

Die pensionierte Lehrerin lächelte. Sie war es gewohnt, recht zu haben. »Trotzdem sind mir persönlich weiße Weihnachten lieber«, fügte sie hinzu.

»Weiße Weihnachten?«, mischte sich Helen Johnson ein, die im Vorraum auf sie zukam. »Das glaube ich weniger. Die Vorhersage für die nächsten zehn Tage verheißt wolkenlosen Himmel und Sonnenschein.«

»Na ja, man kann nie wissen«, sagte Hanna, obwohl ihr das Wetter ziemlich egal war, denn ihre Kinder würden ohnehin nicht da sein, um es zu genießen. Wie gern waren sie, selbst jetzt noch als Erwachsene, jedes Jahr zum Tannenhügel zum Schlittenfahren gegangen. Hanna hatte ihnen immer heißen Kakao in Thermoskannen und eine große Dose mit selbst gebackenen Plätzchen mitgegeben. Charles hatte später am Fuße des Hügels ein Feuer gemacht, an dem sie sich aufwärmen konnten. Es war jedes Mal ein unvergessliches Erlebnis gewesen. Doch dieses Jahr? Weihnachten mit oder ohne Schnee – für sie spielte es keine Rolle.

Hanna ging zu ihrem Stammplatz auf der linken Seite der Kirche, am Ende der zweiten Reihe, und setzte sich. Wie gewöhnlich hatte sich nur ein kleiner Kreis von höchstens zwanzig Seelen zur Mittwochsandacht versammelt – nur die eifrigsten

Nachfolger Christi oder jene, die dafür gehalten werden wollten.

Hanna sah, wie Marie Williams ihren Platz an der Orgel einnahm. Marie war vor knapp zwanzig Jahren in Christmas Valley aufgetaucht, nach dem plötzlichen Tod ihres Mannes. Sie war auf der Durchreise gewesen und auf der Suche nach Arbeit. Hanna hatte sie als Haushaltshilfe eingestellt. Doch als sie entdeckt hatte, dass Marie Orgel spielen konnte, hatte sie Charles dazu überredet, sie mit dem Dienst als Organistin zu betrauen. Zwar konnten sie ihr kein hohes Gehalt bieten, doch Marie hatte gesagt, das mache ihr nichts aus. Sie hätte sogar umsonst gespielt.

Damals war sie eine junge, hübsche Frau in den Zwanzigern gewesen, und es hatte nicht lange gedauert, bis Marie wieder geheiratet hatte, und zwar einen der begehrtesten Junggesellen der Stadt, Arnie Williams. Und obwohl sie nach der Heirat die Stelle als Organistin nicht mehr gebraucht hätte, um ihren Lebensunterhalt zu bestreiten, hatte sie aus lauter Treue weitergespielt bis zum heutigen Tag.

Hanna lehnte sich in der Kirchenbank zurück, schloss die Augen und lauschte den vollen, wohlklingenden Tönen. Was täten sie bloß ohne Marie?

Bald darauf erschien Charles, ging nach vorn an den Altar. Er begrüßte die Gemeinde, machte eine Bemerkung über das für die Jahreszeit zu warme Wetter und erzählte zur Einstimmung eine humorvolle Geschichte, die er in *Reader's Digest* gelesen hatte – seine bevorzugte Quelle für Witze und Anekdoten. Die Gemeinde lachte höflich, es folgte ein Lied und dann die Predigt. Alles war wie immer.

Hanna war ungewöhnlich zerstreut und hing ihren Gedanken nach, düsteren Gedanken über ein Weihnachtsfest, das nicht so sein würde wie immer, sondern leer und traurig ohne ihre Kinder. Der erste Teil der Predigt war ihr völlig entgangen, was ihr schon lange nicht mehr passiert war. Zuletzt, als ihre Tochter Krista sechs Jahre alt gewesen war und im Gottesdienst so lange an ihrem lockeren Schneidezahn gewackelt hatte, bis er herausgefallen war, wobei Hannas bestes Kostüm einen Blutfleck bekommen hatte.

Als ihr auffiel, dass sie von der Predigt ihres lieben Mannes bisher kein einziges Wort mitbekommen hatte, fühlte sich Hanna ertappt wie eine Schülerin, die im Unterricht geschlafen hatte. Unwillkürlich nahm sie eine aufrechtere Haltung ein, blickte konzentriert nach vorn zur Kanzel und lächelte schuldbewusst, in der Hoffnung, Charles habe ihre fehlende Aufmerksamkeit nicht bemerkt. Von nun an, so nahm sie sich vor, würde sie zuhören.

»Jesus hat seine Jünger immer wieder zur Gastfreundschaft aufgerufen. Er sagte, wenn sie einem Fremden durch ihre Hilfe und ihren Segen Gutes erwiesen, so segneten sie in Wirklichkeit ihn, ihren Herrn. Lassen Sie uns daran denken, wenn wir in diesen Tagen unsere Häuser für unsere Familien und Freunde öffnen und damit für die Unruhe und das Chaos, die sie vielleicht in unseren geregelten Alltag bringen mögen. Mag sein, dass es in diesen Tagen turbulenter zugeht als sonst. Mit großer Wahrscheinlichkeit wird nicht immer alles nach Plan laufen. Doch vielleicht werden Sie entdecken, dass der Herr gerade in diesen Zeiten gegenwärtig ist.«

Hanna beugte sich unmerklich etwas vor. Dass ihr Mann ausgerechnet in diesem Jahr von Gastfreundschaft und einem offenen Haus sprach, während ihr eigenes Haus so leer sein würde wie nie zuvor, versetzte ihr einen leichten Stich. Aber das konnte er natürlich noch nicht wissen.

»Aber sind Sie bereit?«, fragte Charles jetzt und sah seine Zuhörer dabei eindringlich an. »Ist Ihr Herz weit genug, um in den Gästen unseren Herrn zu empfangen?« Und er fuhr fort, während er seine Bibel öffnete: »Lassen Sie mich die folgenden Verse aus dem Hebräerbrief lesen, Hebräer 13,1-2.« Charles hatte vor Kurzem eine moderne Bibelübersetzung gekauft, die er neuerdings auch im Gottesdienst benutzte. Hanna wusste nicht, was die Gemeindeglieder, an den vertrauten Klang traditioneller Bibelübersetzungen gewöhnt, von der zeitgenössischen Sprache hielten, aber bisher hatte sich niemand beschwert. Vielleicht war es auch bloß noch niemandem aufgefallen.

»Liebt einander weiter als Brüder und Schwestern«, las er. Er machte eine Pause, rückte seine Brille zurecht und fuhr fort: »Vergesst nicht, Gastfreundschaft zu üben! Denn ohne es zu wissen, haben manche auf diese Weise Engel bei sich aufgenommen.« (Die Bibel – Hoffnung für alle; d. Übers.)

Hanna war nun ganz Ohr, während Charles den Gedanken der Gastfreundschaft und Liebe weiter ausführte und die Gemeinde aufforderte, sich gegenseitig darin zu übertreffen. Es gab wirklich kein passenderes Thema für die Vorweihnachtszeit. Langsam und allmählich begannen die Worte ihres Mannes in ihr Bewusstsein zu dringen, in ihr eigenes trauriges Herz, und als die Predigt zu Ende war und von Neuem die Orgel erklang, wischte sich Hanna verstohlen eine Träne aus dem Augenwinkel. Plötzlich wusste sie, was sie zu tun hatte.

## *3. Vorbereitungen*

Nach dem Gottesdienst wechselte Hanna zerstreut ein paar Worte mit einigen Gemeindegliedern. Doch ihre Gedanken schweiften ständig ab, denn sie konnte es kaum abwarten, nach Hause zu kommen. Sie fühlte sich wieder wie als Kind, als ihre Großmutter zu sagen pflegte, sie habe »Hummeln im Hintern«.

»Ja, Olive«, sagte sie so geduldig wie möglich, »die Kostüme für das Krippenspiel sind bei uns auf dem Dachboden.« Am liebsten hätte sie hinzugefügt: »Wie immer«, doch stattdessen sagte sie: »Du kannst gern rüberkommen und sie holen, wann immer es dir passt.«

Olive hatte sich freiwillig für die Leitung des Krippenspiels gemeldet, eine verantwortungsvolle Aufgabe, die ihre Tochter Judy zehn Jahre lang übernommen hatte. Doch Judy und ihr Mann waren im Sommer aus beruflichen Gründen weggezogen, und Olive hatte ihr versprochen, die Nachfolge anzutreten. Hanna hoffte um der Gemeinde willen, dass Olive der Herausforderung auch gewachsen war.

»Ich rufe dich diese Woche an«, sagte Olive und schrieb das in ihr kleines, akribisch geführtes Notizbuch.

»Du bist ja so gut organisiert«, bemerkte Hanna.

Olive lächelte. »Judy hat mir genau erklärt, worauf es ankommt. Sie hat ihre Sache hervorragend gemacht, wenn ich das mal so sagen darf.«

Hanna stimmte ihr zu. »Ja, das hat sie. Alle vermissen sie sehr. Sie hatte eine glückliche Hand mit den Kindern und war so eine zuverlässige Kindergottesdienst-Mitarbeiterin. Wie gefällt es ihr in Portland?«

Olive verzog das Gesicht. »Nicht besonders, fürchte ich. Sie sagt, der Verkehr sei furchtbar. Wenn es nicht wegen Rons Arbeitsplatz wäre – ich bin sicher, sie würden ihre Koffer packen und auf der Stelle zurückkommen. Aber wenigstens kommen sie zu Weihnachten. Ich werde alles tun, damit das Krippenspiel für Judy keine Enttäuschung wird. Du meine Güte, es gibt noch so viel zu tun!«

Einen Moment lang war Hanna versucht, ihre Hilfe anzubieten, doch sie verwarf die Idee rasch wieder. Olive hatte ihre eigene Art, dic Dinge anzupacken, und es war nur allzu wahrscheinlich, dass Hanna ihr dabei bloß im Weg sein würde.

Sie lächelte also bloß und sagte, sie müsse nun aber wirklich nach Hause.

Im Gehen drehte sie sich um und winkte Charles zum Abschied kurz zu. Er war anscheinend in eine lebhafte Diskussion mit Mrs Fish und Peter Simpson verwickelt. Peter, der mit ihren Söhnen zur Schule gegangen war, schaffte es irgendwie, als freischaffender Künstler und Handwerker für Gelegenheitsreparaturen in der Stadt seinen Lebensunterhalt zu verdienen. Wenn sie sich recht erinnerte, war er ebenfalls ein ehemaliger Schüler von Mrs Fish, bevor diese sich in den wohlverdienten Ruhestand begeben hatte. Hanna fragte sich, worüber sich die drei so angeregt unterhielten, doch sie bezwang ihre Neugier und überquerte rasch die Straße.

Zu Hause angekommen, steuerte sie schnurstracks auf ihren kleinen Küchenschreibtisch zu. Ohne wenigstens die Jacke auszuziehen, schaltete sie den Computer ein und nahm davor Platz. Merkwürdig, wie sehr sie sich zuerst gesträubt hatte, einen Computer anzuschaffen – zu viel Technik, hatte sie gedacht, und so unpersönlich –, doch mit der Zeit hatten ihre Kinder sie überzeugt. »Wir können so viel einfacher in Kontakt bleiben«, hatte Katie nach der Geburt ihres ersten Kindes vor ein paar Jahren gesagt. »Wenn du einen Computer hättest, könnten wir einander jeden Tag mailen, und ich könnte dir die neuesten Babyfotos schicken.«

Bei so vielen guten Argumenten hatte Hanna nicht länger widersprechen können. Und als Tommy das nächste Mal ein paar Tage freihatte, baute er für seine Mutter den Computer auf, installierte die nötigen Programme und führte sie in die Grundlagen der Benutzung ein – die im Wesentlichen darin bestanden, wie man das Gerät ein- und ausschaltete und »Spider Solitaire« spielte, ein Spiel, mit dem sie bis heute viel zu viel Zeit verbrachte.

Nach einer Weile hatte Hanna eingesehen, dass sie einen

richtigen Computerkurs brauchte. Sie erkundigte sich bei Jared Renwick, einem jungen Mann aus dem Städtchen, der alles über Computer wusste. Heute besaß sie, dank Jared, der sich bald darauf als Computerspezialist selbstständig gemacht hatte, eine eigene Website für ihre Bed-&-Breakfast-Pension. Und es erfüllte sie immer wieder mit Staunen, dass Menschen aus der ganzen Welt durch dieses virtuelle Fenster bei ihr hereinschauen konnten.

Sie öffnete ihr E-Mail-Programm und tippte »Lieber Jared« – was nach Meinung ihrer Kinder im Computerzeitalter hoffnungslos veraltet war. Sie schrieben gewöhnlich »Hey Mama« oder kamen gleich zur Sache, ohne sich mit einer Anrede aufzuhalten. Hanna aber begann jede Korrespondenz mit einem höflichen »Liebe/r …« oder »Sehr geehrte/r …« – E-Mail hin oder her.

*Lieber Jared,*
*soeben hatte ich die Idee, ein wenig Weihnachtswerbung für unsere kleine Pension zu machen. Wärst du so gut, den folgenden Text auf unsere Website zu stellen (wenn du nicht zu beschäftigt bist)?*

*»Unser besonderes Weihnachtsangebot: Zum ersten Mal in ihrem 17-jährigen Bestehen hat die Pension ›Zum Guten Hirten‹ im Monat Dezember durchgehend geöffnet. Alle unsere Gäste erhalten einen Weihnachtsrabatt von 25 Prozent. Lassen Sie sich über die Feiertage in gemütlicher Atmosphäre verwöhnen, erleben Sie unsere Weihnachtsfeier an Heiligabend und genießen Sie ein festliches Menü – und das alles ohne Aufpreis. Wir freuen uns auf Sie.«*

*Könntest du das bitte für mich ins Internet stellen?*
*Vielen Dank und liebe Grüße,*
*Hanna*

Hanna klickte auf das magische Wörtchen »Senden« und wartete gespannt auf eine Antwort, obwohl sie eigentlich nicht damit rechnete, dass Jared sofort zurückschreiben würde. Doch manchmal, wenn er gerade selbst am PC saß, überraschte er sie mit einer umgehenden Antwort. Sie beschloss also, zu warten und sich die Zeit mit einer Runde »Spider Solitaire« zu vertreiben. Ein kurzes Spielchen konnte nicht schaden. Noch bevor sie die zweite Kartenreihe anklicken konnte, hörte sie das vertraute *Bing-bing*, das eine neue Mail ankündigte. Tatsächlich, es war Jareds Antwort.

*Kein Problem, H. Wird gemacht. Jr*

Typisch Jared mit seinen ewigen Kürzeln. Doch sie wusste, was sie an ihm hatte und dass sie sich auf ihn verlassen konnte.

Mit einem zufriedenen Lächeln schaltete sie den Computer aus. Gelobt sei das Internetzeitalter! Sie hoffte inständig, dass sich bis Ende der Woche jemand auf ihre Anzeige melden würde. Gewöhnlich nahmen ihre Gäste, wie auf der Website empfohlen, per Mail oder telefonisch mit ihr Kontakt auf. Hanna hoffte, dass alle fünf Zimmer bis zum Wochenende ausgebucht sein würden. Oder wenigstens einige davon. Sie musste ja nicht unbedingt ein volles Haus haben – obwohl ihr das am liebsten wäre. Wer weiß, was für interessante Menschen sie über die Feiertage beherbergen würden. Vielleicht sogar Engel, wie Charles heute Abend gepredigt hatte.

Gut gelaunt vor sich hin summend stellte sie den Kessel für ihren allabendlichen Tee auf den Herd. Während sie mit dem Messlöffel Teeblätter in eine Kanne gab, wanderten ihre Gedanken wieder zu ihrem neuen Plan. Was für Leute wollten wohl die Weihnachtsfeiertage in einer Frühstückspension verbringen? Vielleicht ältere Ehepaare, deren Kinder, so wie bei ihnen, flügge geworden waren und nicht zu Mama zurückkehrten. Oder neu Zugezogene, die fernab von der Familie, Freunden und Verwandten ihr erstes Weihnachten in der Fremde verbrachten.

Vielleicht konnten sie und Charles diesen Menschen ein bisschen Geborgenheit geben und ihnen ein Stück weit das Zuhause und die Familie ersetzen, wenn auch nur vorübergehend. Sie würde ihren Gästen zeigen, was eine Stadt wie Christmas Valley an echter Gastfreundschaft zu bieten hatte! Darauf freute sie sich schon. Vielleicht hatte es so sein sollen und war in Wirklichkeit ein Segen, dass ihre Kinder dieses Jahr nicht hier sein würden. Sie würden Gastfreundschaft üben, genau wie es im Sinne Gottes war. Sie konnte es kaum abwarten, Charles von ihrem Vorhaben zu erzählen.

Der Teekessel begann gerade zu singen, als Charles die Küche betrat. Hanna drehte sich um und schenkte ihm ein strahlendes Lächeln. »Ich habe eine Überraschung für dich!«

Als er hörte, dass keines ihrer Kinder zu Weihnachten nach Hause kommen würde, regierte er zuerst mit derselben Bestürzung wie sie. Doch Hanna ging rasch zum zweiten Teil der Überraschung über, und es dauerte nicht lange, da erhellte sich sein Gesicht.

»Eine wunderbare Idee, meine Liebe«, sagte er, während er die Tasse mit dem duftenden schwarzen Tee auf dem kleinen Küchentisch absetzte. »Du bist vielleicht die Einzige, die meine Predigt heute Abend ernst genommen hat.«

»Wie meinst du das?«

Er machte eine resignierte Handbewegung. »Ach, es ist nicht so wichtig.«

»Was denn?«, fragte sie und sah ihn eindringlich an.

»Es ist nur … Es gibt genug Leute in unserer Gemeinde, für die Engel nichts weiter als Märchengestalten aus alten, verstaubten Erzählungen sind.«

Hanna zog die Augenbrauen hoch. »Das ist schade.«

Charles nickte. »Das ist es in der Tat. Mrs Fish ist der Meinung, dass Engel den Menschen nur zu biblischen Zeiten erschienen seien und in der heutigen Welt nicht mehr vorkämen.«

Er schüttelte den Kopf. »Und Peter Simpson glaubt, Engel seien ganz einfach symbolische Figuren, die sinnbildlich für den Versuch Gottes stehen, die Menschen mit seiner Botschaft zu erreichen oder so ähnlich.«

»Oh ...«

Charles zuckte die Achseln. »Manchmal denke ich, ich bin mit meiner Gemeinde nicht mehr auf einer Wellenlänge.«

Hanna schwieg und musste wieder daran denken, was Polly ihr über Helens und Olives Bemerkungen erzählt hatte.

Plötzlich lächelte Charles. »Doch dann komme ich nach Hause und stelle fest, dass meine eigene liebe Frau sich meine Worte zu Herzen genommen hat.« Er legte seine Hand auf ihre. »Das ist tröstlich.«

»Für mich ist es auch tröstlich«, sagte Hanna. »Ich war so traurig, dass die Kinder nicht nach Hause kommen. Es wäre einfach ... einfach kein richtiges Weihnachten geworden.«

»Ich bin gespannt, wen Gott uns ins Haus schickt«, sann Charles. »Vielleicht sollten wir ihn bitten, dass er die richtigen Leute zu uns führt – Menschen, die ein bisschen Wärme und Geborgenheit brauchen und hier in Christmas Valley finden können. Was meinst du?«

Hanna nickte und gemeinsam falteten sie die Hände.

»Ist das nicht spannend?«, meinte Hanna, als sie geendet hatten.

Charles drückte ihre Hand. »Ja, Liebes, das ist es.«

* * *

Der nächste Tag verstrich ohne einen Anruf oder eine einzige Mail. Dennoch machte sich Hanna geschäftig daran, dieselben Vorbereitungen für die Feiertage zu treffen wie gewöhnlich, wenn ihre Großfamilie zu Besuch kam. Am Abend rief sie Polly an und erzählte ihr von ihrem Plan.

»Eine gute Idee«, sagte ihre Freundin. Sie wünschte, sie könnte dabei sein, um zu erleben, was passieren würde.

»Ich werde dir alles genau erzählen, sobald du wieder von deinen Kindern zurück bist«, versicherte Hanna.

»Und, hat sich schon jemand gemeldet?«

»Bis jetzt noch nicht«, sagte Hanna und versuchte, Optimismus in ihre Stimme zu legen, »aber es ist noch keine vierundzwanzig Stunden her, seit Jared das auf die Website gestellt hat. Ich bin sicher, es dauert nicht mehr lange, bis sich jemand meldet.«

»Ganz bestimmt«, fand auch Polly, doch Hanna meinte, einen Anflug von Zweifel in der Stimme ihrer Freundin zu hören.

»Und wenn keiner kommt«, fügte Hanna lächelnd hinzu, »dann tue ich einfach, was Jesus auch getan hätte. Dann lade ich die Fremden von der Landstraße ein, auf dass mein Haus voll werde!«

»Das würdest du tun?« Polly klang überrascht.

»Ach, ich weiß auch nicht, Polly. Ich kann mir nicht vorstellen, dass zur Weihnachtszeit in unserer Stadt viele bedürftige Fremde unterwegs sind. Aber man kann nie wissen!«

## *4. Ungehobelter als ein Holzfäller*

Am Freitagmorgen klingelte das Telefon. Es meldete sich eine Frau namens Carmen Fields aus Kalifornien.

»Ich bin soeben auf die Website Ihrer Pension gestoßen. Haben Sie noch ein Zimmer frei?« Die Stimme klang hoffnungsvoll.

»Ja, das haben wir«, erwiderte Hanna und verschwieg, dass zurzeit *sämtliche* Zimmer noch frei waren.

»Mein Mann und ich haben beschlossen, Weihnachten dieses Jahr einmal ganz anders zu feiern«, fuhr die Anruferin fort. »Alle unsere Freunde und Verwandten haben die Feiertage bereits geplant.« Sie räusperte sich. »Ohne uns.«

»Bei uns sind Sie herzlich willkommen«, sagte Hanna, und in ihrer Stimme schwang aufrichtige Freude mit. Sie notierte Namen, Anschrift und andere notwendige Details für die Reservierung. »Es gibt übrigens auch eine gute Website unseres Städtchens«, fügte sie hinzu. »Falls Sie mehr über Christmas Valley wissen möchten und sich vorab informieren wollen, was bei uns während der Feiertage alles geboten wird.«

»Das klingt gut«, sagte Carmen. »Wir wollen die Reise erst einmal gemütlich angehen lassen, irgendwo unterwegs übernachten und am Montag bei Ihnen eintreffen. Also, vielen Dank noch einmal – und bis bald!«

Ein Lächeln breitete sich auf Hannas Gesicht aus, während sie den Hörer auflegte. Sie hatte sich nicht getäuscht. *Das Abenteuer konnte beginnen.*

Bis Samstagmittag waren zwei weitere Zimmer reserviert, eines davon von einem alleinstehenden Herrn namens Albert Benson. Der Stimme nach schien er nicht mehr der Jüngste zu sein, und Hanna glaubte, eine gewisse Traurigkeit und Resignation herauszuhören. Was immer diesen Mann bedrückte – sie würde alles tun, um ihn in der Weihnachtszeit ein wenig froher zu stimmen.

Als Nächstes kam eine Anfrage per Mail von einem Ehepaar vom Rande der Rocky Mountains, Melanie und Michael Thomas. Sie würden zu zweit kommen. Vielleicht waren sie jung verheiratet. Hoffentlich würden sie über Weihnachten nicht ganz ohne Kinder im Haus bleiben.

Am späteren Nachmittag erhielt sie einen Anruf von einer

Frau namens Leslie. »Ich bringe eine kleine Tochter mit«, begann sie zögernd. »Sie ist fünf Jahre alt … Ich hoffe, das ist kein Problem.«

»Ganz im Gegenteil – das ist ja wunderbar!« Hannas Herz tat einen Sprung. »Offen gestanden, ich habe so sehr gehofft, dass jemand mit Kindern kommen würde. Was wäre Weihnachten ohne Kinderlachen! Wie heißt denn Ihre Kleine?«

»Sie heißt Julia, und sie leidet noch sehr unter der Trennung von ihrem Vater. Mein Mann hat uns voriges Jahr verlassen …«

»Oh, das tut mir leid.«

»Wir hatten keine gute Ehe. Das einzig Gute daran ist, dass es dadurch Julia gibt. Doch sie hängt an ihm und versteht nicht, warum ihr Papa nicht mit uns Weihnachten feiert. Wie dem auch sei, mir ist jedenfalls klar geworden, dass ich Abstand brauche und die Feiertage nicht zu Hause verbringen kann. Ich muss einfach mal raus, verstehen Sie?«

»Das verstehe ich sehr gut. Und ich freue mich auf Sie und Julia. Ich hoffe, Sie werden sich bei uns wohlfühlen.«

»Danke. Ich nehme die ganze Woche frei, das heißt wir könnten am Dienstag bei Ihnen eintreffen. Geht das?«

»Selbstverständlich.«

Nun waren alle Zimmer reserviert, bis auf eines. Gut gelaunt machte Hanna sich an die Arbeit. Es gab noch viel zu tun, bevor die Gäste eintrafen. Zum Glück schrieb sie jedes Jahr ihre Weihnachtskarten schon Anfang Dezember. Die Geschenke waren seit letzter Woche eingepackt, die Pakete für die Kinder zur Post gebracht.

Sie trug gerade einen Stapel frischer Handtücher nach oben, als es an der Tür läutete. Hanna setzte den Wäschekorb ab und eilte nach unten. Ein Gast konnte es noch nicht sein, dafür war es zum Glück noch zu früh. Als sie die Tür öffnete, stand Olive Peters vor ihr.

»Ich wollte dich anrufen, aber es war ständig besetzt«, erklärte sie. »Ich würde gern die Kostüme abholen. Heute Nachmittag haben wir Anprobe.«

Etwas milder gestimmt als bei ihrer letzten Begegnung, bot Hanna ihr sogar an, ihr zu helfen, die Kartons mit den Kostümen zur Kirche hinüberzutragen.

»Nein, nein, ich will dich nicht unnötig aufhalten«, wehrte Olive ab, während sie einen ungeduldigen Blick auf ihre Armbanduhr warf. »Helen hat versprochen, mir zu helfen, aber sie kommt wie üblich zu spät.«

»Dann lass mich doch helfen.«

»Oh, du hast sicher genug zu tun, bevor deine Kinder kommen.«

Hanna erzählte ihr, dass dieses Jahr alles ganz anders sein würde.

»Das kann nicht dein Ernst sein!« Olive blickte sie entsetzt an. »Habt ihr euch das auch gut überlegt?«

Hanna merkte, wie ihr linkes Auge nervös zu zucken begann. »Warum denn? Wie meinst du das?«

»Ihr wollt doch nicht etwa zu Weihnachten das Haus voll wildfremder Menschen haben?«

»Wie du weißt, haben wir eine Frühstückspension«, entgegnete Hanna. »Wir sind es gewohnt, fremde Menschen als Gäste bei uns zu haben.«

»Aber an Weihnachten, Hanna?« Olive schüttelte energisch den Kopf. »Das ist einfach zu viel des Guten. Weihnachten ist die Zeit, die man mit der Familie oder guten Freunden verbringt. Du hättest mir sagen sollen, dass ihr, du und Charles, allein sein werdet. Ihr hättet auch gern zu uns rüberkommen können – dann brauchtet ihr jetzt nicht mit lauter fremden Leuten hierzusitzen.«

Hanna zwang sich zu einem Lächeln. »Aber das ist genau der Punkt, Olive: Dies ist unsere bewusste Entscheidung! Wir tun das, weil wir es so wollen. Erinnerst du dich an Charles' Predigt am Mittwochabend, in der es um Gastfreundschaft ging? Wir wollten unser Haus für Menschen öffnen, die nicht wissen, wo oder mit wem sie die Feiertage verbringen sollen. Wir freuen uns darauf. Das kann eine große Bereicherung für uns sein.«

Olive presste die Lippen zusammen. Einen Augenblick lang sah sie Hanna durchdringend an. »Alles, was ich dazu sagen kann, ist, dass ihr beide eine seltsame Vorstellung von Freude und Bereicherung habt. Ich hoffe, dass ihr eure verrückte Idee nicht noch bitter bereuen werdet.«

In diesem Augenblick bog Helens Wagen um die Ecke. Hanna war erleichtert, dass sie Olive nun nicht mehr bei den Kostümen zu helfen brauchte. Die beiden Frauen folgten ihr zur Treppe, die zum Dachboden führte. Plötzlich drehte sich Hanna besorgt zu Helen um. »Ich hoffe, das ist nicht zu viel für deine Hüfte«, sagte sie. »Ich hatte ganz vergessen, dass du erst vor Kurzem operiert worden bist.«

»Kein Problem«, schnaufte Helen und rang nach Atem, »meine Hüfte ist so gut wie neu.«

»Ich glaube, ich brauche auch bald eine neue«, fiel Olive ein, ebenfalls etwas außer Atem. Offensichtlich machten die zwei langen Treppen auch ihr zu schaffen. »Oder vielleicht sollte ich mich zuerst um meine Knie kümmern. Sie sind auch nicht mehr das, was sie mal waren.«

Hanna öffnete die Tür zum Dachboden und drehte das Licht an. »Ich warne euch«, sagte sie, »es ist sehr staubig hier oben.« Sie führte sie zu der Ecke, in der die Kartons mit den Kostümen standen.

»Sechs Kisten?«, entfuhr es Olive. Fassungslos betrachtete sie die sauber beschrifteten Kartons. »Für ein simples, kleines Krippenspiel?«

»Da müssen wir halt mehrmals gehen«, bemerkte Helen lakonisch. »Aber hättest du mich vorgewarnt, Olive, ich weiß nicht, ob ich mich freiwillig zu dieser Knochenarbeit gemeldet hätte.«

Olive nahm den ersten Karton hoch. »Na ja, zumindest sind sie nicht allzu schwer.« Helen ergriff wortlos die nächste Kiste. Hanna wollte nicht mit leeren Händen nach unten gehen und hob ebenfalls einen Karton auf – den größten und schwersten, wie sich später herausstellte.

Als sie alle wieder unten standen, wirkten Helen und Olive sichtlich erschöpft. Immerhin schafften sie es zur Tür hinaus und schleppten stöhnend ihre Last über die Straße. Charles streckte den Kopf aus dem Arbeitszimmer. »Was macht ihr denn da?«

Hanna erwähnte die Kostümprobe, und noch bevor die beiden Frauen zurückkamen, hatte Charles bereits die restlichen drei Kartons vom Dachboden gehievt und war mit zweien davon unterwegs zur Kirche. Hanna sah ihm lächelnd nach. Vielleicht würde das Olive und Helen zu denken geben. Wenn sie sahen, wie mühelos Charles, der morgens bei jedem Wetter einen strammen Spaziergang von fünf Kilometern machte, die Kartons stemmte, begriffen sie vielleicht, dass er noch lange nicht zum alten Eisen gehörte.

»Diese beiden sind unmöglich«, ließ Charles sich vernehmen, als er zurückkam. »Es würde mich nicht wundern, wenn das Krippenspiel ein totales Fiasko wird.«

»Ach du meine Güte.« Hanna sah ihn besorgt an. »Du meinst, sie kriegen es nicht auf die Reihe?«

Er lachte. »Nein, nicht in dem Sinn, dass alles drunter- und drübergeht. Olive hat auf jeden Fall, wie sie mir versicherte, ein klares Konzept und stets ihr kleines Notizbuch dabei … Das ist schon mal gut. Aber die Art, wie sie sich jetzt schon wegen Kleinigkeiten in die Haare geraten und über die Aufgabenverteilung streiten … Ich hoffe bloß, sie geben kein allzu schlechtes Beispiel für die Kinder ab.«

Hanna seufzte. »Ich wünschte, Judy wäre hier. Ich weiß, es klingt nicht nett, aber man könnte kaum glauben, dass Judy und Olive verwandt sind.«

Charles lachte auf. »Bleibt nur zu hoffen, dass Judy nicht allzu enttäuscht sein wird, wenn sie sieht, was aus ihrem Krippenspiel geworden ist.«

»Wenn sie rechtzeitig kommt, kann sie vielleicht noch das Schlimmste verhindern.«

In dem Augenblick läutete es zum zweiten Mal an der Tür.

»Hier geht's ja heute zu wie im Taubenschlag«, bemerkte Charles. »Ich hoffe, ich werde mit meiner Predigt noch fertig.«

»Arbeite ruhig weiter, ich gehe schon«, versicherte Hanna. »Es sind wahrscheinlich nur Olive und Helen. Ich kümmere mich schon um sie. Lass dich nicht stören, mein Lieber.«

Doch es waren nicht Olive und Helen. Stattdessen stand eine kleine, untersetzte Frau vor der Tür. Ihr Haar war grau und umrahmte ihr Gesicht in weichen Locken, was in merkwürdigem Kontrast zu ihrem fortgeschrittenen Alter stand. Nach Hannas Schätzung ging sie mindestens auf die achtzig, wenn nicht auf die neunzig zu.

»Was kann ich für Sie tun?«, fragte sie die alte Dame, die kein bisschen erfreut über die Tatsache schien, dass sie vor dieser Tür stand.

»Oh, eine ganze Menge. Ein Freund hat mich hergebracht und mich hier abgesetzt.« Mit verdrossener Miene spähte sie über Hannas Schulter ins Haus. »Sie haben doch noch ein Zimmer frei?«

Hanna blickte sie erstaunt an. »Jemand hat Sie einfach hier abgesetzt? Natürlich brauchen Sie ein Zimmer.«

»Sage ich doch. Oder sind Sie schwerhörig?« Die kleine Frau setzte ihre schäbige Reisetasche ab und stieß ärgerlich die Luft aus. »Haben Sie nun ein Zimmer für mich oder nicht?«

»Ja … doch, natürlich.« Hanna trat zurück und öffnete einladend die Tür. »Bitte, kommen Sie doch herein.«

»Das klingt schon besser.« Ganz selbstverständlich reichte die alte Frau Hanna das Gepäckstück, als wäre sie ein Hotelboy.

Wortlos ergriff Hanna die Tasche und ging voraus zu dem langen Eichentisch, der ihr als Rezeptionstisch diente. Sie stellte das Gepäck auf einen Stuhl und wusste nicht recht, was sie als Nächstes sagen sollte.

»Was ist?«, fragte die Frau ungeduldig. »Hat es Ihnen die Sprache verschlagen?«

»Äh, nein …« Scheu musterte Hanna die Fremde. Etwas an ihr erinnerte sie an die Bulldogge Odysseus, die einst ihrem Großvater gehört hatte. Vielleicht war es das rechteckige, abgeflachte Gesicht mit den Hängebacken oder der Ausdruck ihrer kleinen, wachsamen Augen. Hanna hatte sich immer ein bisschen vor diesem Hund gefürchtet.

»Also, wo liegt das Problem?«

Es war sonst nicht Hannas Art, Menschen nach ihrer äußeren Erscheinung zu beurteilen. »Es tut mir leid, ich bin nur ein bisschen verwirrt. Wissen Sie, normalerweise rufen die Leute vorher bei mir an, wenn sie ein Zimmer reservieren möchten.«

»Also wenn Sie ausgebucht sind, dann sagen Sie es einfach und ich werde Sie nicht weiter behelligen.«

»Aber nein«, sagte Hanna, vielleicht etwas zu schnell. »Wir haben tatsächlich noch ein Zimmer frei.«

»Schön«, sagte die Frau kurz angebunden. »Ich nehme es.«

»In Ordnung«, erwiderte Hanna, noch immer bemüht, sich einen Reim auf diese merkwürdige Situation zu machen.

Sie wollte keine offensichtliche Neugier an den Tag legen, aber sie hätte zu gern gewusst, wie in aller Welt es die alte Frau ausgerechnet hierher verschlagen hatte. Ihre Pension lag für Durchreisende nicht gerade am Weg. Routinemäßig schob sie ein Formular über den Tisch. »Würden Sie dies bitte für mich ausfüllen?«

»Haben Sie etwas dagegen, wenn ich mich setze?«, fragte die Frau. »Mir tun schon die Füße weh.«

»Oh, natürlich, bitte.« Hanna beeilte sich, die Reisetasche

auf den Boden zu stellen und bot der alten Dame den Stuhl an. »Was mich noch interessieren würde – wie sind Sie auf uns aufmerksam geworden?«

»Der Freund, der mich hergebracht hat, wusste, dass es hier so eine Art Hotel gibt. Es war seine Idee. Nehme an, er wollte mich über die Feiertage loswerden.« Sie schnaubte verächtlich. »Ein feiner Freund, nicht wahr?«

Das Läuten der Türglocke kam Hanna zu Hilfe. »Entschuldigen Sie«, sagte sie und ging, um zu öffnen. Es war Olive. Schrecken und Besorgnis spiegelten sich auf ihrem Gesicht. »Hanna, du musst mir helfen. Helen ist auf dem nassen Boden in der Küche ausgerutscht und kann nicht mehr aufstehen.«

»Du liebe Güte! Ist sie schlimm verletzt?«

»Ich glaube nicht. Sie wollte nicht, dass ich den Rettungswagen rufe. Aber ich schaffe es nicht allein, ihr auf die Beine zu helfen. Du weißt ja, sie ist ziemlich kompakt.«

Hannas Blick wanderte zu ihrem Gast an der Rezeption. »Wenn Sie mich bitte einen Augenblick entschuldigen möchten, ich muss …«

»Ich hab's gehört. Ich bin doch nicht taub«, bellte die alte Frau aus dem Hintergrund, ohne sich umzudrehen. »Ich komme sehr gut allein zurecht. Du meine Güte – als ob ich das nicht gewohnt wäre.«

Olive hob neugierig die Augenbrauen.

»Ich bin gleich wieder da«, rief Hanna, schon halb aus der Tür. »Komm, Olive.«

»Wer ist denn *das*?«, fragte Olive, als die Tür hinter ihnen ins Schloss fiel.

»Ich weiß nicht genau«, antwortete Hanna wahrheitsgetreu. »Sie ist ein neuer Gast, aber sie hat mir ihren Namen noch nicht verraten.«

»Da hast du's«, sagte Olive und warf ihr einen ihrer Ich-hab's-ja-gleich-gewusst-Blicke zu. »Eine wildfremde Frau im Haus, die es vorzieht, anonym zu bleiben, und die obendrein ungehobelter ist als ein Holzfäller. Und ehe du dich's versiehst, macht sie sich mit dem Familiensilber davon.«

Hanna lachte. »Wir haben keine Reichtümer, Olive. Und ich bezweifle, dass sie kofferweise Silberbesteck schleppen könnte. Nicht in ihrem Alter. Irgendwie tut sie mir leid. Stell dir vor, jemand hat sie einfach vor unserer Tür abgesetzt, die arme Frau.«

»*Abgesetzt*?«

»Nun ja, hergebracht. Sie sagt, es war ein Freund. Danach hat er offensichtlich das Weite gesucht.«

»Das ist mir ja ein feiner Freund.«

»Genau das hat sie auch gesagt.«

Inzwischen waren sie im Kirchengebäude angelangt. Ein Stöhnen drang an ihre Ohren und ließ sie ihre Schritte beschleunigen. In der kleinen Küche, die zu den Gemeinderäumen gehörte, lag Helen Johnson flach wie ein Pfannkuchen auf dem Boden, Arme und Beine von sich gestreckt.

»Helen! Ist alles in Ordnung?« Hanna ging neben ihr in die Hocke und versuchte dabei fieberhaft, sich ihren Erste-Hilfe-Kurs ins Gedächtnis zu rufen, den sie vor über zwanzig Jahren absolviert hatte.

»Du meinst, außer dass mir alle Knochen wehtun und ich mich in dieser peinlichen Lage befinde?«

»Kannst du noch alles bewegen?«, fragte Hanna, der einfiel, dass man bei einer Wirbelsäulenverletzung die Lage des Kranken lieber nicht verändern sollte.

»Und was, bitte schön, soll ich deiner Meinung nach bewegen?«

»Ich meine, spürst du deine Arme und Beine?«

Helen wedelte mit Armen und Beinen wie ein Hampelmann.

»Gut«, sagte Hanna beruhigt, »sieht aus, als wäre alles noch heil. Glaubst du, du kannst dich aufsetzen?«

»Vielleicht, mit etwas Hilfe.«

Weder Hanna noch Olive war besonders stark oder athletisch gebaut, doch beide ergriffen eine Hand der Verunglückten, und zusammen gelang es ihnen, Helen in eine aufrechte Position hochzuziehen.

»Wie fühlst du dich?«, fragte Hanna.

»Schon besser.« Helen rieb sich ein Knie. »Auch wenn ich mir ein bisschen albern vorkomme.«

Hanna holte einen Stuhl herbei, an dem Helen sich festhalten konnte.

»Das brauchst du nicht, Helen«, sagte Olive. »Es ist allein die Fahrlässigkeit dieses Hausmeisters. Hätte er nicht so nass gewischt, wäre der Boden jetzt nicht mehr rutschig. Du meine Güte, jemand hätte zu Tode stürzen können!«

»Er hat wahrscheinlich nicht damit gerechnet, dass heute jemand hier reinkommen würde«, sagte Hanna, während sie für Helen den Stuhl heranschob.

»Was soll ich denn damit?«, fragte Helen.

»Ich dachte, der wird uns gute Dienste leisten, um dir auf die Beine zu helfen. Olive und ich können dich seitlich stützen und du kannst dich am Stuhl hochziehen.«

»Solange ihr dafür sorgt, dass er nicht wegrutscht«, bemerkte Helen skeptisch. Mit vereinten Kräften gelang es ihnen schließlich, Helen auf den Stuhl zu verfrachten.

»Danke, Mädels«, sagte Helen. »Ich glaube, es wird Zeit, dass ich mir die alten Knie richten lasse. Das rechte tut höllisch weh.«

»Ich hab's dir schon immer gesagt«, bemerkte Olive. »Lass dich operieren, solange du noch kannst. Wir werden alle nicht jünger.«

»Kommst du jetzt zurecht?«, fragte Hanna besorgt.

Helen versuchte aufzustehen, wobei sie sich an den beiden Frauen festhielt. »Meine Hüfte ist in Ordnung, nur mein Knie tut noch weh. Doch das kommt bestimmt auch vom vielen Treppenlaufen heute. Ansonsten, fürchte ich, ist mit mir heute nicht mehr viel los. Ich bin wahrscheinlich keine große Hilfe mehr«, sagte sie an Olive gewandt.

»Wir können dich zu deinem Wagen bringen«, schlug Hanna vor. »Glaubst du, du kannst fahren?«

»Natürlich kann ich das«, erwiderte Helen, ganz die eiserne Armeekrankenschwester. »Seid so gut und ruft bitte bei uns zu Hause an. Paul kann mir ins Haus helfen, wenn ich ankomme.«

»Das mache ich gern für dich«, sagte Hanna.

Langsam und bedächtig schafften sie es zu Helens Auto, das in der Nähe des Seiteneingangs geparkt war. Gott sei Dank gab es hier keine Treppen. Sie bugsierten Helen auf den Fahrersitz, und unter erneutem Dank fuhr sie vom Hof.

»Tut mir leid, dass ich dir nicht helfen kann«, sagte Hanna zu Olive.

»Das macht nichts.« Olives Blick streifte ihre Armbanduhr. »Du liebe Zeit, die Kinder werden gleich hier sein. Ich muss mich beeilen.«

»Mach's gut«, sagte Hanna, »und ich gehe rein und rufe Paul an.«

»Danke.«

»Und sag Bescheid, wenn ich dir heute doch noch irgendwie unter die Arme greifen kann«, rief Hanna hinter Olive her.

»Ich glaube, du hast genug zu tun mit deinem Neuzugang!«, rief Olive zurück. Sie blieb noch einmal stehen. »Trotzdem vielen Dank. Aber ich glaube, ich schaffe das schon allein.«

Hanna atmete erleichtert auf. Im selben Augenblick dachte sie an die alte Frau, die sie am Rezeptionstisch zurückgelassen hatte. Mit einer Mischung aus Sorge und Neugier ging sie rasch ins Haus zurück. Doch als sie die Eingangshalle betrat, war niemand zu sehen. Alles war still. Einen Augenblick lang war sie versucht zu glauben, sie hätte sich die ganze Geschichte nur eingebildet. Aber sie hatte ja Olive als Zeugin.

Vorsichtig öffnete sie die Tür zum Arbeitszimmer und steckte den Kopf hinein. Vielleicht wusste Charles etwas. »Entschuldige, wenn ich störe, Liebling.« Er saß in seine Notizen vertieft, doch als er sie sah, unterbrach er seine Arbeit und sah auf. »Ja?«

»Äh, hast du zufällig hier irgendwo eine alte Dame gesehen?«

Er rückte seine Brille zurecht und schaute sie an. »Du meinst *Myrtle*?«

»Ich wusste nicht, wie sie heißt.«

Hanna hielt ihre Hand etwa anderthalb Meter über den Boden. »Sie war ungefähr so groß und« – sie breitete die Arme weit aus – »so breit.«

Charles lächelte belustigt. »Ja, deine Beschreibung passt ziemlich genau auf unseren Gast. Myrtle Pinkerton.«

Hanna nickte. »Hat sie das Anmeldeformular ausgefüllt?«

»Das hat sie, und für zwei volle Wochen im Voraus bezahlt – in bar übrigens. Ich habe das Geld in deine kleine Reißverschlusstasche getan. Also sah ich keinen Grund, warum ich ihr nicht schon mal ihr Zimmer zeigen sollte. ›Grüne Aue‹ war ja noch frei.«

Die Namen ihrer Gästezimmer stammten allesamt aus dem dreiundzwanzigsten Psalm und griffen das Hirtenthema auf. So gab es natürlich das Zimmer »Hirte«, die anderen hießen »Lämmchen«, »Frisches Wasser«, »Stecken und Stab«, wobei Letzteres gewöhnlich einer Erklärung bedurfte.

Hanna lächelte dankbar. »Gut, dass du eingesprungen bist, obwohl du so beschäftigt bist.«

»Ist alles in Ordnung drüben in der Kirche?«

»Ja.« Sie wollte ihn nicht weiter von der Arbeit abhalten. »Alles bestens.«

Er blickte sie fragend an. »Myrtle sagte, jemand sei gestürzt und könne nicht wieder aufstehen. Doch sie schien zu glauben, es sei wohl nichts Ernstes.«

Kiffen und Joints und Drogen. Conny weiß nicht, wer es heimlich genommen hat. Hat wohl nichts zu bedeuten.«

Robin wiegte den Kopf. »Wer weiß das schon. Ich beziehe die Tatsache jedenfalls in meine Überlegungen ein. Wo ist Orhun?«

»Wohl noch im Wohnheim. Ich könnte mir denken, dass er erst noch auf einen Anruf warten muss. Jedenfalls war es gestern so.« Kati fügte hinzu: »Er hat ja jetzt ein Handy.«

»Okay, auf geht's zum Weihnachtsmarkt!« Robin stiefelte los. »Dann müssen wir die Augen offen halten. Falls Orhun tatsächlich erscheint, verstecken wir uns und beobachten ihn heimlich. Die Aufgabe heißt: Auskundschaften, was er auf dem Markt treibt.«

Mirjam fragte: »Was ist, wenn er uns trotzdem entdeckt?«

»Dann machen wir auf Überraschung«, erklärte Robin. »Hach, was für ein Zufall, Orhun! Du bist auch hier? – So auf diese Tour. Gecheckt?«

Der Weihnachtsmarkt war nicht besonders groß. Vielleicht fünfzig Holzhäuschen und Marktstände, aber es drängelten sich schon die Leute zwischen den Auslagen. Es gab Christstollen, Printen und Spekulatius; Socken, Strumpfhosen und Stützstrümpfe; Spielzeug, Puppen und Teddybären; Krawatten, Ledergürtel und Wollmützen; Bratwürste, Döner und Chickenwings; Weihnachtsbaumschmuck, Krippenfiguren und Duftkerzen; Töpferwaren, Glasbläsereien und Modeschmuck; Bier, Glühwein und Cola; Zuckerwatte, gebrannte Mandeln und geröstete Esskastanien; Bratfisch, Räucheraal und Matjesbrötchen; Süßigkeiten sämtlicher Sorten . . .

Es roch nach Süßem, Saurem, Gebackenem und Gebratenem. Und überall dudelte Weihnachtsmusik durcheinander. »Leise rieselt der Schnee« – »Jingle bells, jingle bells« – »Alle Jahre wieder« – »I'm dreaming of a white Christmas« – »Lasst uns froh und munter sein« – »Süßer die Glocken nie klingen« – »Stille Nacht, heilige Nacht« . . .

Mirjam stöhnte: »Wahnsinn! Das ist doch krasser Wahn-

»Ja, das war Helen.« Hanna entschied sich einstweilen für die harmlose Kurzfassung, den Rest konnte sie ihm später erzählen. »Sie war ausgerutscht, aber es ist nichts passiert. Olive und ich haben ihr geholfen und sie zu ihrem Wagen gebracht. Kein Grund zur Sorge. Und nun will ich dich nicht weiter stören.«

»Schon gut«, lächelte er.

Sie zog leise die Tür hinter sich zu. Was war das bloß für ein Tag!

## 5. *Frühstück zu zweit*

Ich dachte, dies sei eine *Frühstücks*pension.«

Hanna, die am Küchentisch saß, schreckte jäh hoch. Wie jeden Morgen war sie zeitig aufgestanden, um in Ruhe eine Tasse Pfefferminztee zu trinken und in ihrem Andachtsbuch zu lesen. Dies war ihre Zeit; sie brauchte diese Minuten des Alleinseins und der Stille. Myrtle Pinkerton hingegen hatte dem Schild über der Küchentür keine Beachtung geschenkt und damit eine unsichtbare Grenze überschritten. Hier stand sie nun, mitten im Raum, und musterte Hannas Küche mit ihren kleinen Augen im Bulldoggengesicht.

Hanna klappte langsam das Buch zu. Ihr Blick wanderte zu der Wanduhr in Form eines Apfels, die über dem Herd hing. Es war noch nicht einmal sechs Uhr. Sie räusperte sich und stand auf.

»Guten Morgen, Mrs Pinkerton«, sagte sie betont förmlich. »Vielleicht hat mein Mann gestern versäumt, Ihnen unseren Hausprospekt zu geben. Darin steht, dass das Frühstück ab sieben Uhr serviert wird. Es tut mir leid, wenn ich Ihnen damit Unannehmlichkeiten bereite.«

»Hhm. Unannehmlichkeiten ist das richtige Wort. Ich bin eine alte Frau und musste gestern nach meiner Anreise schon das Abendbrot ausfallen lassen. Jetzt sterbe ich bald vor Hunger.«

Hanna, die sich vorgenommen hatte, ihre professionelle Förmlichkeit zu wahren – eine bewährte Methode, mit den wenigen schwierigen Gästen umzugehen –, spürte, wie ihr Ärger dahinschmolz und ihre barmherzige Seite wieder die Oberhand gewann. Ihre Familie und Freunde hatten sie nur allzu oft gewarnt, sie solle aufpassen, dass sie nicht ausgenutzt würde, denn Zugeständnisse gegenüber den Gästen zahlten sich nicht aus. Aber, du meine Güte, diese arme alte Frau war buchstäblich in ihrem Haus gestrandet. Es gab zwar ein paar Restaurants in ihrem Stadtteil, wenn auch nicht in unmittelbarer Nähe. Aber sie bezweifelte, dass Myrtle Pinkerton besonders gut zu Fuß war.

»Warum machen Sie es sich nicht schon mal im Esszimmer bequem?« Hannas Stimme klang nun milder. »Ich bringe Ihnen gleich etwas. Möchten Sie Tee, Mrs Pinkerton?«

»Nein. Ich trinke nur Kaffee. Mit Milch und Zucker. Und nennen Sie mich Myrtle. Ich halte nichts von Formalitäten.« Widerstrebend verließ sie die Küche und begab sich ins Esszimmer.

Hanna kämpfte gegen ein aufsteigendes Schuldgefühl. War sie zu rigoros gewesen? Wäre es denn so schlimm gewesen, wenn sie Myrtle dieses eine Mal erlaubt hätte, ihr in der Küche Gesellschaft zu leisten? *Du darfst keine faulen Kompromisse machen*, pflegten ihre Kinder zu sagen. Und selbst Polly stieß immer wieder ihre Warnungen aus: *Lass dir nicht die Butter vom Brot nehmen, Hanna! Wahre eine gesunde Distanz, oder du wirst es bereuen.* Vermutlich hatten sie recht.

Einen Augenblick lang überlegte sie, ob sie Myrtle nach etwaigen Diätvorschriften oder Essgewohnheiten fragen sollte, doch dann beschloss sie, erst einmal Kaffee zu machen. Außerdem konnte es nicht mehr lange dauern, bis Charles herunterkam, und er würde sich freuen, wenn der Kaffee schon fertig war.

Wenig später trug sie ein Tablett mit einer dampfenden Tasse Kaffee, Milchkännchen und Zuckerdose nach nebenan. Doch das Esszimmer war leer.

»Myrtle?«, rief sie, in der Annahme, ihr Gast sei vielleicht ins Wohnzimmer oder in den Wintergarten gegangen, doch es kam keine Antwort. Hanna stellte das Tablett auf den Tisch und ging in die Küche zurück, um einen kleinen Obstteller vorzubereiten. Mit frischem Obst, so dachte sie, konnte sie bestimmt nichts falsch machen. Auch einige Krüge mit Fruchtsaft stellte sie bereit. Auf einen weiteren Teller legte sie Scheiben von duftendem Früchtebrot, das sie gestern frisch gebacken hatte. Sie setzte den Toaster in Gang, holte Butter und Marmelade aus dem Kühlschrank und stellte Joghurt, Milch, Müsli und Cornflakes auf den Tisch – das Standardfrühstück, wenn sie bloß eine oder zwei Personen beherbergte. Natürlich durften die Gäste auch jederzeit Eier mit gebratenem Speck bestellen – Hanna hantierte auch morgens schon gern mit Töpfen und Pfannen –, doch den meisten genügte eine leichtere Kost.

Sie warf einen Blick ins Esszimmer. Noch immer keine Spur von Myrtle. Selbst als Hanna die Treppe hochstieg und sich im ersten Stock umsah, konnte sie die alte Frau nirgends entdecken. Vielleicht war Myrtle noch einmal auf ihr Zimmer gegangen, um irgendetwas zu holen. Sie wartete noch eine Weile unten, doch am Ende nahm sie mit Charles in trauter Zweisamkeit ihr Frühstück ein. Für sie beide war es ein ziemlich opulentes Mahl, denn wenn keine Gäste im Haus waren, begnügten sie sich normalerweise mit Müsli und Saft.

»Hast du Myrtle heute Morgen schon gesehen?«, fragte Hanna, während sie eine Scheibe Früchtebrot mit Butter bestrich.

»Nein. Wahrscheinlich wird sie ausschlafen. Sie sagte gestern, sie sei ziemlich müde von der Reise.«

Hanna erzählte, wie Myrtle schon vor sechs Uhr in die Küche gestürmt war und heißhungrig nach Frühstück verlangt hatte. Sie deutete auf den reichlich gedeckten Tisch. »Sonst wäre unsere Mahlzeit wahrscheinlich weniger üppig ausgefallen.«

»Sie ist schon ein komischer Vogel.«

Hanna nickte und meinte mit gedämpfter Stimme: »Irgendwie ahne ich, dass sie mich noch einiges an Nerven kosten wird. Hast du wirklich gesagt, dass sie zwei volle Wochen bleiben will?«

Er lächelte aufmunternd. »Es wird bestimmt besser, wenn erst einmal die anderen Gäste da sind. Außerdem glaube ich, die arme alte Frau ist ziemlich einsam und braucht bloß ein wenig Aufmerksamkeit und Zuwendung.«

»Vielleicht könntest du diesen Part übernehmen«, schlug Hanna vor. »Ich kümmere mich dann um die organisatorischen Dinge.«

Charles setzte die leere Kaffeetasse ab. »Du kannst das genauso gut, Hanna. Ich kenne dich. Du hast ein großes Herz.«

»Vorhin habe ich jedenfalls von meiner Großherzigkeit herzlich wenig gespürt, als sie in der Küche erschien und mich daran erinnerte, dass dies eine *Frühstücks*pension ist.«

Er grinste. »Das verspricht ein interessantes Weihnachtsfest zu werden – für uns alle.«

»Hast du Myrtle zum Gottesdienst eingeladen, als du gestern mit ihr gesprochen hast?«

»Das habe ich.«

»Und?«

»Hörte sich so an, als ob sie kommen wollte.« Er wischte sich den Mund mit der Serviette ab. »Da fällt mir ein, ich habe Hal Berry versprochen, mich heute Morgen mit ihm und den anderen Mitarbeitern zu treffen. Anscheinend haben sie ein paar neue Ideen, wie man den Gottesdienstablauf noch besser gestalten könnte.«

»Ich dachte, bis jetzt lief immer alles ziemlich reibungslos.« Hanna goss sich Tee nach.

Charles zwinkerte ihr zu. »Du kennst doch Hal. Er zieht immer wieder etwas Neues aus dem Ärmel. Weißt du noch, als er die Opferbeutel an langen Stangen befestigen wollte, damit sie nicht mehr von Hand zu Hand weitergegeben zu werden brauchten?«

Sie schmunzelte. »Als ob in den Kirchenbänken reihenweise Gestalten mit langen Fingern säßen, die auf eine Gelegenheit warteten, sich an der Kollekte zu bereichern.«

»Nun, der alte Hal ist nicht so vertrauensselig wie du, meine Liebe.« Er beugte sich vor und küsste sie auf die Wange. »Bis später.«

* * *

Hanna war gerade dabei, den Tisch abzuräumen, als Myrtle erschien. Sie trug einen grauen Wintermantel, und an ihrem Arm baumelte eine abgegriffene Handtasche. Ihre Wangen waren gerötet und sie sah ziemlich mitgenommen aus.

»Oh, da sind Sie ja.« Hanna setzte das Tablett ab. »Sind Sie noch hungrig?«

Myrtle machte eine abwehrende Handbewegung und griff mit der anderen Hand nach einer Stuhllehne. »Nein«, keuchte sie. »Ich bin soeben den ganzen Weg in die Stadt und zurück gelaufen.«

»Haben Sie etwas gegessen?«

Sie nickte. »Ich war in diesem komischen Café mit dem albernen Santa-Claus-Gedöns überall.«

»›Bei Mrs Santa‹.«

»Ja, so hieß es. Sogar von den Papierservietten grinsen einen die Weihnachtsmanngesichter an. Meine Güte, man sollte meinen, den Leuten kommt der ganze Santa-Claus-Schmarrn langsam zu den Ohren raus, wenn sie jahraus jahrein nichts anderes hören und sehen.«

»Ja, ich denke, manchen wird es wirklich zu viel. Aber andererseits hat es doch auch seinen Reiz, oder nicht?«

Myrtle ließ die Stuhllehne los. »Seinen Reiz? Na ja«, schnaubte sie verächtlich und rollte zur Bekräftigung die Augen zur Decke.

Hanna war auf weitere vernichtende Kommentare gefasst, doch glücklicherweise wandte Myrtle sich zum Gehen.

»Ich begebe mich jetzt auf mein Zimmer und ruhe mich ein bisschen aus«, rief sie über ihre Schulter. »Nach dem langen Fußmarsch fühle ich mich wie gerädert.«

»Der Gottesdienst beginnt um halb elf«, rief Hanna hinter ihr her.

Myrtle warf ihr einen gereizten Blick zu. »Das weiß ich bereits.«

Hanna atmete tief durch und bemühte sich, ihre Erleichterung nicht allzu deutlich zu zeigen, als die alte Frau sich langsam Richtung Treppe entfernte. Hoffentlich gönnte sich Myrtle ein schönes, langes Nickerchen, damit sie heute Vormittag noch ein paar Dinge erledigen konnte, ohne dauernd von ihr unterbrochen zu werden. Weitere Gäste würden morgen anreisen, und schon bald würden alle Zimmer belegt sein. Und bis dahin sollte alles so perfekt wie möglich sein.

Hanna knetete Plätzchenteig und stellte ihn bis zur weiteren Verarbeitung in den Kühlschrank. Dann bereitete sie acht Tortenböden vor, die sie sorgfältig einpackte und in der Gefriertruhe stapelte. So würde sie einen Vorrat an Kuchen und Gebäck haben, um den Gästen die letzten Tage vor Weihnachten zu versüßen.

Bald schon war es kurz vor halb elf – Zeit, um zur Kirche hinüberzugehen. Sie hatte nichts von Myrtle gesehen oder gehört und nahm an, die erschöpfte alte Frau läge in tiefem Schlummer. Vielleicht war es besser so.

Doch als Hanna in der Kirche den Mittelgang entlangging und ihren Stammplatz in der zweiten Reihe ansteuerte, stellte sie fest, dass dort bereits jemand saß. Der graue Mantel, das wirre Haar und die schiere Körperfülle der Person ließen keinen Zweifel daran, wer es war. Myrtle Pinkerton.

Natürlich konnte Myrtle nicht wissen, dass dieser Platz gewöhnlich von der Frau des Pastors eingenommen wurde. Hanna sah, dass Hal Berry ein bekümmertes Gesicht machte, doch sie lächelte, um ihm zu versichern, dass alles in Ordnung sei, und schob sich an Myrtle vorbei. Es war ein merkwürdiges Gefühl, plötzlich neben ihrem üblichen Platz zu sitzen, auch wenn es nur um ein paar Zentimeter versetzt war. Seltsam, wie man sich an etwas gewöhnen konnte. Hanna tat so, als ob es ihr nichts ausmachte, dass man ihr den Platz weggeschnappt hatte. Gleichzeitig kam sie sich kleinlich und albern vor.

Nachdem die Eingangslieder verklungen waren, begrüßte Charles die Anwesenden und richtete einen besonderen Willkommensgruß an diejenigen, die zum ersten Mal da waren. Heute galt dieser Gruß Myrtle. Er stellte sie kurz vor und erwähnte, dass sie über die Feiertage Gast bei ihnen in der Pension sein würde. Nachdem seine Worte verklungen waren, beobachtete Hanna mit Entsetzen, wie Myrtle sich von ihrem Sitz erhob.

»Danke«, sagte sie mit klarer, lauter Stimme und blickte in die Runde, als setze sie zu einer längeren Rede an. »Ein interessantes kleines Städtchen ist das hier«, hob sie an. »Doch ich habe den Eindruck, Sie treiben es mit diesem Weihnachtsgeschäft zu weit. Du meine Güte, ich habe mir heute Morgen mit Weihnachtsmanngesichtern den Mund abgewischt.« Einige

Leute kicherten, doch Hanna wusste, dass Myrtle keineswegs zum Scherzen zumute war.

»Was mich stört, ist, dass anscheinend vergessen wird, was Weihnachten wirklich bedeutet.« Sie hob den Zeigefinger. »Hier geht es nicht um ›Jingle Bells‹, Weihnachtsgebäck und Toilettendeckelbezüge im Santa-Claus-Design. Hier geht es nicht darum, aus dem Christfest Kapital zu schlagen oder mit bombastischer Weihnachtsbeleuchtung die Nachbarn zu beeindrucken. Wenn das alles ist, was Christmas Valley zu bieten hat, dann kann ich Weihnachten getrost auch woanders verbringen!« Sie drehte sich abrupt um und ließ sich zurück auf die Kirchenbank plumpsen.

In der Kirche war es so still, dass man eine Schneeflocke hätte zu Boden fallen hören können. Nicht, dass irgendeine Aussicht auf Schnee bestand; das Wetter war immer noch sehr mild. Aber die Stille war absolut. Hanna hielt den Atem an und blickte zum Altar. Sie sah, dass Charles' Augen vor Erstaunen geweitet waren und sein Mund halb offen stand. Doch er fasste sich rasch wieder und griff Myrtles tadelnde Worte auf.

»Ich denke, unser Gast hat die Sache auf den Punkt gebracht«, sagte er langsam. »Das Wichtigste ist, dass wir die wahre Bedeutung von Weihnachten nicht aus den Augen verlieren.« Er lächelte. »Und ich bin sicher, Sie denken genauso, sonst hätten Sie sich heute Morgen nicht hier eingefunden.« Damit leitete er geschickt zur Predigt über.

Leider hatten Myrtles Standpauke und die Tatsache, von ihrem Sitzplatz vertrieben worden zu sein, Hanna so aus dem Gleis gebracht, dass sie sich kaum konzentrieren konnte. Wer war diese Frau, die es wagte, als Gast der versammelten Gemeinde die Leviten zu lesen? Kaum zu glauben: Sie war noch keine vierundzwanzig Stunden hier und maßte sich an, den Bürgern von Christmas Valley eine Moralpredigt zu halten! Das war ein starkes Stück. Natürlich war es nicht Hannas Schuld, und dennoch fühlte sie sich für das ungehobelte Benehmen ihres Gastes verantwortlich. Sie spürte förmlich, wie sich Olives Blick in ihren Rücken bohrte.

Bei den Klängen des Schlusschorals erwog Hanna, sich unauffällig durch den Seitenausgang in ihre Küche zu flüchten. Doch bevor sie den Gang erreicht hatte, tippte ihr jemand von hinten auf die Schulter.

Als sie sich umdrehte, sah sie Mrs Fish, deren faltiges Gesicht einen sorgenvollen Ausdruck hatte. »Ich würde gern mal mit deinem Gast sprechen. Könntest du mich ihr vorstellen?«

Doch der Gast hatte sich bereits umgedreht. »Ich bin Myrtle«, sagte sie ohne Umschweife.

Mrs Fish nickte höflich und mit steifem Lächeln.

»Darf ich vorstellen – Mrs Fish«, sagte Hanna rasch, »eine alte Freundin. Sie ist Lehrerin im Ruhestand.«

Myrtle streckte die Hand aus. »Freut mich, Sie kennenzulernen.«

»Eine interessante Bemerkung haben Sie vorhin gemacht«, begann Mrs Fish.

Bevor sie weitersprechen konnte, stieß Hanna eine hastige Entschuldigung hervor und strebte dem Seitenausgang zu. Nicht, dass sie nicht neugierig gewesen wäre, was Mrs Fish zu sagen hatte. Doch nicht neugierig genug, um Zeugin einer möglichen Konfrontation zwischen zwei eigensinnigen alten Damen zu sein. Die höfliche Mrs Fish würde wahrscheinlich mit vollkommener Selbstbeherrschung handeln. Myrtle dagegen schien ein ziemlicher Hitzkopf zu sein. Hanna wollte auf keinen Fall ins Kreuzfeuer geraten. Stattdessen steuerte sie zielstrebig ihr Haus an. Sie war noch nicht weit gekommen, als Olive sie einholte.

»Wo in aller Welt kommt diese Frau her?«, fragte sie betont verhalten.

Hanna musste lächeln. »Tja, das weiß ich auch nicht.« Rasch wechselte sie das Thema. »Wie geht es Helen?«

»Es geht ihr gut«, beeilte sich Olive zu sagen. »Aber im Ernst, Hanna, was ist in diese Myrtle gefahren? Ich dachte, als Nächstes hält sie uns eine Weltuntergangspredigt. Du und Charles, ihr solltet etwas besser auf sie aufpassen.«

Hanna wusste nicht, was sie darauf antworten sollte, doch das war einerlei, denn im selben Augenblick gesellten sich Myrtle und Mrs Fish zu ihnen.

»Ich möchte, dass Sie Olive Peters kennenlernen«, sagte Mrs Fish. »Olive?«

Auf Olives Gesicht zeigte sich ein leicht verwirrter Ausdruck. »Ja?«

»Also, Myrtle und ich haben uns gerade über die wahre Bedeutung von Weihnachten unterhalten, und sie vertraute mir an, sie habe Erfahrung mit Krippenspielen und ähnlichen Aufführungen. Ich erzählte ihr, dass du dieses Jahr für das Krippenspiel verantwortlich bist und dass Helen sich durch ihren Sturz das Knie verletzt hat und leider ausfällt.« Mrs Fish lächelte. »Doch es sieht so aus, als hättest du Glück, Olive. Myrtle sagt, sie würde gern einspringen und dir unter die Arme greifen.«

Olive warf Hanna einen flehenden Blick zu, als erwarte sie von ihr, sie vor dem Verderben zu retten. Doch Hanna war für einen Augenblick derart sprachlos, dass ihr nichts einfiel. Sie wünschte sich auf einmal nichts sehnlicher, als zu Hause in ihrer Küche Plätzchen und Kuchen zu backen und diese unberechenbare Myrtle Pinkerton für eine Weile aus dem Gedächtnis zu streichen.

»Also, wann fangen wir an?«, fragte Myrtle ganz selbstverständlich. Olives Lippen waren zu einem schmalen Strich zusammengepresst, und Hanna empfand so etwas wie Mitleid mit ihr.

»Ich – ähm – wir proben heute«, sagte Olive tonlos. »Um ein Uhr.«

»Vielleicht sollten wir uns vorher ein bisschen Zeit zum Planen nehmen«, schlug Myrtle vor. »Zum Beispiel in der Mittagszeit, das passt mir gut.« Ihre Miene verfinsterte sich. »Obwohl ich nicht weiß, wo man in dieser Stadt essen gehen soll.«

Olive räusperte sich. »Also, wenn Sie zu uns nach Hause kommen wollen … Ich könnte uns etwas Eintopf von gestern aufwärmen.«

Myrtle nickte befriedigt. »Na dann, worauf warten wir?«

Hanna lächelte in sich hinein, als sie die Straße überquerte. Vielleicht hatte Olive in Myrtle eine ebenbürtige Gegnerin gefunden – oder eine Seelenverwandte. Und sie hoffte, Gott möge in seiner Barmherzigkeit verhindern, dass die beiden das Krippenspiel oder den gesamten Ruf von Christmas Valley ruinierten. Jedenfalls, sagte sich Hanna, war Myrtle erst einmal beschäftigt und konnte wenigstens anderswo keinen Schaden anrichten.

## *6. Schatten der Vergangenheit*

Helfen Sie heute Morgen auch beim Krippenspiel?«, fragte Hanna am Montag, in der Hoffnung auf eine kurze Pause von Myrtles ständiger Anwesenheit in ihrer Küche. Myrtles Mundwerk schien niemals stillzustehen. Sie geizte nicht mit Kommentaren über Hannas Kochkünste. Trotz der kleinen Tafel über der Küchentür mit dem dezenten Hinweis, dass Gäste hier nichts zu suchen hatten, war Myrtle Dauergast in der Küche. Offensichtlich fühlte sie sich dort ganz zu Hause. Dabei warf sie mit gut gemeinten Ratschlägen um sich, wie: »An Ihrer Stelle würde ich den Teig mit Anis verfeinern«, und sobald Hanna den Rücken kehrte, nahm Myrtle sich die Freiheit, das gewünschte Gewürz selbst hinzuzufügen, und zwar reichlich. Vielleicht würden die Plätzchen dadurch tatsächlich an Geschmack gewinnen. Hanna ärgerte sich trotzdem.

»Wir proben erst heute Nachmittag«, sagte Myrtle, schenkte sich großzügig Kaffee nach und beobachtete, wie Hanna den Teig rührte.

Hanna widerstand der Versuchung, Myrtle noch einmal darauf hinzuweisen, dass Gästebesuch in der Küche leider nicht gestattet war. Nachdem ihre letzten beiden Ermahnungen auf taube Ohren gestoßen waren, seufzte sie nur resigniert. Es war zwecklos, weitere Worte zu verschwenden.

»Wann kommen eigentlich die anderen Urlauber?«, wollte Myrtle wissen, wobei sie Hanna, die mit dem Nudelholz den Teig bearbeitete, nicht aus den Augen ließ. Hanna hatte ihr bereits die ganze Geschichte erzählt – von ihren Kindern, die dieses Jahr zu Weihnachten nicht nach Hause kommen konnten, und wie sie daraufhin beschlossen hatte, die Pension über die Feiertage zu öffnen.

»Die Ersten kommen schon heute Nachmittag.«

»Warten Sie mal«, sagte Myrtle plötzlich und nahm Hanna das Nudelholz aus der Hand, »darf ich Ihnen mal zeigen, wie man das *richtig* macht?«

Hanna sah hilflos zu, wie Myrtle ihr buchstäblich das Zepter, wenn auch in Form eines Nudelholzes, aus der Hand nahm. Auch wenn zahlreiche Frauen solche »niedrigen« Küchenarbeiten gern abgetreten hätten – Hanna fühlte sich gekränkt und auf einmal seltsam nutzlos. Doch da war noch etwas, ein Gefühl, das sie nicht genau beschreiben konnte. Etwas an dieser Küchenszene kam ihr merkwürdig vertraut vor, aber sie kam nicht darauf, was es war.

»Haben Sie schon immer in Christmas Valley gewohnt?«, fragte Myrtle, während sie geschickt mit dem Nudelholz hantierte.

Hanna fand, es könnte schließlich nicht schaden, wenn sie ihr in Kurzfassung schilderte, wie sie und Charles damals nach seiner theologischen Ausbildung von Iowa hierher gezogen waren. Dabei blickte sie die ganze Zeit wie hypnotisiert auf das Nudelholz, das unter Myrtles energischen Händen gleichmäßig über den Teig glitt.

»Und was ist mit Ihrer Familie?«

»Sie meinen, meine Kinder?«

»Nein. Ich meine Ihre Eltern.«

Hanna schwieg eine Weile. Sie zögerte, unsicher, ob und wie viel sie einer praktisch Wildfremden von ihrer Familiengeschichte preisgeben sollte, doch schließlich sagte sie: »Ich bin bei meinen Großeltern aufgewachsen. Sie sind beide vor einigen Jahren verstorben.«

Myrtle nickte bedauernd. »Haben Sie Geschwister?«

»Nein.«

»Muss für Sie eine ziemlich einsame Kindheit gewesen sein.«

Hanna blickte auf, erstaunt über die plötzliche mitfühlende Regung. »Ja, und ich glaube, das ist einer der Gründe, warum ich zu Weihnachten immer gern meine Kinder um mich habe. Sozusagen als Ausgleich für all die stillen, für mich eher bedrückenden Weihnachtsfeiern zu dritt.«

»Sind Sie bereit?«, fragte Myrtle unvermittelt und hielt dabei das Nudelholz hoch wie eine Fackel oder eine Keule.

»Bereit wofür?«, entgegnete Hanna leicht befremdet.

»Für den Teig. Er ist fertig. Zum Ausstechen.«

»Oh, ja, natürlich.«

Während die beiden Frauen sich daranmachten, Sterne, Engel und Tannenbäume auszustechen und fein säuberlich auf ein Backblech zu legen, dachte Hanna über ihre Kindheit nach. Plötzlich ging ihr auf, wie sehr Myrtle sie an ihre eigene Großmutter erinnerte. Genau wie sie war sie tüchtig, ziemlich bestimmend und nahm kein Blatt vor den Mund. Ihre Großmutter war eine Frau gewesen, die alles besser wusste und Wert darauf legte, dass es auch jeder erfuhr. Nicht, dass Hanna ihrer Großmutter gegenüber undankbar gewesen wäre. Doch sie hatte sich durch ihre dominante Persönlichkeit oft überfahren gefühlt. Mit achtzehn Jahren hatte sie dann die Gelegenheit beim Schopf ergriffen und war durch die Heirat mit Charles aus dem großelterlichen Haushalt geflohen. Ihre Großmutter war gegen die Verbindung gewesen, da Charles in ihren Augen zu alt für Hanna war und sie ihrer Meinung nach auch zuerst ihren Schulabschluss machen sollte. Der Umzug nach Christmas Valley war ihrer Meinung nach der größte Fehler überhaupt. »Eine törichte Entscheidung, Kind, die ihr eines Tages bereuen werdet«, war alles, was ihre Großmutter dazu sagte.

Doch Hanna hatte es nie bereut. Was ihr jedoch leid tat, war die Kluft zwischen ihren Großeltern und ihr, die von Jahr zu Jahr größer geworden war. Nach der Geburt ihrer Kinder dicht hintereinander war ihr Leben so ausgefüllt von Mutterpflichten, der Unterstützung von Charles in der Gemeindearbeit und den täglichen Aufgaben, dass der Kontakt zu den Großeltern mit der Zeit auf den Austausch von Karten zu Weihnachten und Geburtstagen zusammengeschrumpft war.

Als ihre erwachsenen Kinder das Nest verlassen hatten, kam der Ausbau des Hauses zur Bed-&-Breakfast-Pension, was Hanna viel Zeit und Kraft gekostet hatte. Und als Inhaberin einer Frühstückspension war ihr Leben ausgefüllt wie eh und je. Hannas Großvater war vor rund zehn Jahren gestorben, die Großmutter folgte ihm ein Jahr später. Hanna betrauerte den Verlust, wusste jedoch – es war der Lauf des Lebens. Schließlich waren sie beide über neunzig gewesen. Doch es tat ihr sehr leid, dass die Großeltern – trotz wiederholter Einladung – sie nie in Christmas Valley besucht hatten. Selbst als der Umbau fertig war und die Unterbringung kein Problem gewesen wäre, sagten sie stets aus »gesundheitlichen Gründen« ab.

Myrtle sammelte die Teigreste ein und verknetete sie zu einem kleinen Ball, den sie von Neuem ausrollte. Ihre Hände bewegten sich dabei so geschickt, als hätten sie ihr Leben lang nichts anderes getan. Inzwischen war es Hanna einerlei, dass Myrtle von ihrer Küche Besitz ergriffen hatte. Sie fühlte eine plötzliche Traurigkeit in sich aufsteigen, deren Ursache sie sich nicht genau erklären konnte.

»Sie haben ja alles gut im Griff«, sagte sie an Myrtle gewandt, während sie ihre Schürze abnahm und an den Haken neben der Tür hängte. »Würden Sie vielleicht die Plätzchen aus dem Ofen nehmen, wenn sie fertig sind?«

»Selbstverständlich.« Myrtle schaute nicht einmal von ihrer Tätigkeit auf. »Gehen Sie ruhig, ich komme schon zurecht. Sie haben sicherlich noch viele andere Dinge zu erledigen, bevor die Gäste eintreffen.«

»Ja, das habe ich.« Doch als sie aus der Küchentür trat, überlegte sie krampfhaft, was es zu erledigen gab. Bestimmt war genug zu tun, aber ihr fiel beim besten Willen nichts ein. Ihr Gehirn war wie leer gefegt, wie eine sauber gewischte, leere Tafel.

Sie ging nach oben, wo sie und Charles ihre Privaträume hatten. Damals, als sie das Haus für den Pensionsbetrieb umgestaltet hatten, hatten sie zwei kleinere Zimmer mit angrenzendem Bad mit einer Tür verbunden – eine Oase der Ruhe, in die sie sich zurückziehen konnten.

Charles war nicht da, und sie erinnerte sich, dass er einem älteren Gemeindemitglied einen Krankenbesuch abstatten wollte. Das ordentlich aufgeräumte Zimmer lag still und einladend vor ihr. Hanna ging hinein und schloss die Tür hinter sich. Sie ließ sich in ihren gepolsterten Schaukelstuhl fallen und weinte. Tränen, schon viel zu lange zurückgehaltene Tränen, strömten ihr über die Wangen, und sie ließ ihnen freien Lauf. Sie wusste nicht genau, worüber sie eigentlich weinte. Es musste mit ihrer Kindheit zu tun haben, mit ihren Großeltern und deren Tod. Es spielte keine Rolle. Es war, als ob sich plötzlich das Tor zu einer Trauer öffnete, der sie nie vorher Raum gegeben hatte.

Sie hatte keine Ahnung, wie lange sie so gesessen hatte, doch als sie nach einiger Zeit aufstand, sich die Nase putzte und ihr Gesicht mit kaltem Wasser abwusch, war es bereits zwei Uhr. Es konnte nicht mehr lange dauern, bis die neuen Gäste eintrafen. Du meine Güte, sie musste sich wirklich zusammenreißen.

Es war still im Haus, als Hanna wieder nach unten ging. Sie nahm an, dass Myrtle inzwischen drüben in der Kirche war, um Olive zu helfen oder ihr auf die Nerven zu fallen. Wenigstens hatte Hanna nun Gelegenheit, sich zu fangen und noch ein paar Dinge zu erledigen. Die Plätzchen sahen zu ihrer großen Erleichterung ganz ordentlich aus. Sie waren dünner geraten als sonst, aber wenigstens nicht verbrannt. Hanna nahm sich einen ungleich geratenen Stern und biss hinein. Der Anisgeschmack verlieh dem Gebäck tatsächlich eine interessante Note. Sie hätte sich gern eine Kanne Tee aufgegossen, doch dazu blieb keine Zeit mehr. Im »Hirten« musste noch das Bett bezogen werden. Das Zimmer war etwas kleiner als die anderen, und sie hatte es für Albert Benson, den allein reisenden Gast, vorgesehen. Außerdem wollte sie noch für alle Gäste ein weihnachtliches Betthupferl aufs Kopfkissen legen, hatte sie doch gestern in der Stadt diese köstlichen Pfefferminzbonbons gekauft.

»Dein neuer Gast wird dich ganz schön auf Trab halten«, hatte Betty Morris, die Inhaberin des Süßwarengeschäfts, dabei gemeint, wobei sie verschwörerisch die Stimme senkte.

»Du hast also ihren Auftritt in der Kirche auch miterlebt?«, hatte Hanna gefragt.

Betty hatte gelacht. »Und ob. Ich kann mir vorstellen, dass sie die anderen Gäste gut aufmischen wird.«

Hanna nickte stumm.

»Übrigens, nur im Vertrauen, aber ich hörte, dass sie eine ähnliche Szene in Mrs Santa's Restaurant gemacht hat.«

»Ach du liebe Zeit …«

Betty füllte die Minzbonbons in eine kleine, rot-weiß gestreifte Tüte. »Es steht mir nicht zu, über sie zu urteilen, aber je weniger sich diese Frau in der Stadt blicken lässt, desto besser für uns, Hanna.«

»Nun ja, zurzeit hilft sie Olive beim Krippenspiel.« Hanna verstaute das Wechselgeld in ihrem Portemonnaie. »Damit ist sie erst einmal beschäftigt.«

»Arme Olive.«

Hanna nickte. Sie war drauf und dran, sich für Myrtle zu entschuldigen, dachte jedoch im nächsten Augenblick trotzig, dass sie schließlich nicht für das Verhalten ihrer Gäste verantwortlich war.

Sie legte das letzte Pfefferminzbonbon auf das Kopfkissen im »Frischen Wasser«, ihrem Lieblingszimmer. Mit seinen Blautönen in verschiedenen Schattierungen strahlte der Raum eine wohltuende, kühle Ruhe aus. Hier sollte das Ehepaar Thomas wohnen. Nach dem, was die Frau in ihrer E-Mail angedeutet hatte, mussten sie eine schwierige Zeit hinter sich haben. Dieses Zimmer würde ihnen guttun.

Hanna wollte gerade die Treppe hinuntergehen, da hörte sie Stimmen von unten.

»Hallo?«, rief sie und sah, dass ein Paar in der Eingangshalle stand. Die beiden mussten ungefähr in ihrem Alter sein, vielleicht etwas jünger. »Sie sind bestimmt Mr und Mrs Fields«, meinte Hanna, während sie den beiden die Hand reichte und sich vorstellte.

»Ja, ich bin Carmen Fields«, sagte die Frau mit einem etwas angespannten Gesichtsausdruck, »und das ist mein Mann Jim.«

Jim sah auch nicht allzu glücklich aus.

»Wir hätten schon früher hier sein können, wenn Jim sich nicht verfahren hätte. Er hätte anhalten und jemanden nach dem Weg fragen sollen. Aber Sie wissen ja, wie Männer sind.«

Hanna setzte ein Lächeln auf und meinte versöhnlich: »Christmas Valley ist auch nicht leicht zu finden.«

Es folgte die übliche Führung durchs Haus. Hanna gab Erklärungen, beantwortete Fragen, händigte Prospekte von Sehenswürdigkeiten der Stadt aus und zeigte ihren Gästen das Zimmer.

»›Stecken und Stab‹?« Auf Jims Gesicht lag Verwirrung.

»Alle unsere Zimmer sind in Anlehnung an Psalm dreiundzwanzig benannt«, erklärte Hanna. Sie schienen immer noch nicht zu verstehen.

»Unsere Pension heißt ja ›Zum Guten Hirten‹«, fuhr sie deshalb fort, »und ein Hirte braucht zum Schafehüten einen Hirtenstab – ›Stecken und Stab‹, wie es in der Bibel heißt.«

»Das klingt eher nach einem Stock zum Schlagen«, meinte Carmen.

Unwillkürlich musste Hanna lachen. »Aber nein«, entgegnete sie. »Ein guter Hirte würde das niemals tun.«

Sie hatte kaum die ersten Treppenstufen nach unten zurückgelegt, als sie hörte, wie das Paar zu streiten anfing. Die Worte waren nicht zu verstehen, doch sie hörte die aufgebrachten Stimmen. Hanna hoffte, die Meinungsverschiedenheiten würden bald bereinigt sein und die beiden würden ihren Urlaub genießen können. Was sie ihnen von Herzen wünschte.

Sie war gerade dabei, die Küche von Teigresten zu säubern, als Myrtle schon wieder erschien. Für einen kurzen Moment war Hanna versucht, nochmals auf das Schild über der Tür hinzuweisen, besann sich jedoch eines Besseren. Diese Frau war wie ihre Großmutter und würde sich sowieso nichts sagen lassen.

»Dachte mir, ich würde Sie hier finden«, sagte Myrtle. »Wollte bloß sagen, ich gehe rasch in die Stadt, um einen Happen zu essen.«

»Das ist eine gute Idee«, nickte Hanna.

»Ja, ich dachte nur, ich sollte Bescheid sagen, wohin ich gehe, für den Fall, dass ich unterwegs einen Herzinfarkt bekomme oder etwas Ähnliches«, sagte Myrtle finster.

Hanna spürte eine leichte Besorgnis aufsteigen. »Ist Ihnen nicht gut?«

»Doch, aber es ist ein ganz schöner Fußmarsch, und ich bin nicht mehr die Jüngste.«

In dem Augenblick kam Charles von der Terrasse herein. Wenn er sich wunderte, Myrtle in der Küche anzutreffen, so ließ er es sich jedenfalls nicht anmerken. In seiner langjährigen Pastorenlaufbahn hatte er gelernt, in schwierigen oder unerwarteten Situationen ein gleichmütig-freundliches Gesicht aufzusetzen.

»Guten Tag, Myrtle«, sagte er betont heiter, »wie geht es Ihnen heute?«

Sie blickte ihn finster an. »Ich erzählte Ihrer Frau gerade, wie umständlich es für mich in meinem Alter ist, jedes Mal, wenn ich etwas essen will, einen langen Fußmarsch auf mich zu nehmen.«

»Kann ich Sie irgendwohin fahren?«, fragte Charles mit einem gewinnenden Lächeln.

Myrtles Gesicht erhellte sich zusehends. »Aber gern, das wäre wunderbar.«

»Hanna, kann ich dir irgendetwas aus der Stadt mitbringen?«, erkundigte er sich umsichtig.

Sie reichte ihm eine kurze Einkaufsliste und dankte ihm, nicht nur für die Einkäufe, sondern innerlich auch dafür, dass er ihr auf diese Weise Myrtle eine Weile vom Hals hielt.

Kaum waren die beiden aus der Tür, als ein weiterer Gast ankam. Es war Albert Benson, ein älterer Mann, dem man, wie sich herausstellte, jedes Wort aus der Nase ziehen musste. Hanna gab sich Mühe, das Eis zu brechen, während sie ihn durchs Haus führte und ihm sein Zimmer zeigte, doch er blieb einsilbig und zugeknöpft.

Ein Gefühl der Mutlosigkeit überkam sie, als sie anschließend wieder nach unten ging. Bis jetzt bestanden ihre Weihnachtsgäste aus einer schrulligen alten Frau, einem zerstrittenen Ehepaar und einem wortkargen alten Mann. Natürlich, sie alle waren Menschen, die sich vermutlich nach ein bisschen Wärme und Zuwendung sehnten. Doch insgeheim hatte Hanna gehofft, dass dieses Weihnachtsfest ein frohes, schönes Erlebnis für alle Beteiligten sein würde. Nun sah es ganz so aus, als würde es bestenfalls eine anstrengende Zeit mit schwierigen Menschen.

Sie beschloss, das zu tun, was sie immer tat, wenn sie etwas bedrückte. Sie setzte sich an ihren kleinen Schreibtisch und faltete die Hände. Sie bat Gott, er möge ihr und Charles helfen, den unterschiedlichen Gästen gerecht zu werden. Sie brachte jeden Einzelnen vor Gott und das Päckchen, das er oder sie zu tragen hatte. Dann stellte sie sich vor, wie sie alle Sorgen in Gottes allmächtige Hände legte, bevor sie mit »Amen« schloss.

Als sie aufstand, war ihr schon leichter ums Herz. Sie setzte Teewasser auf, kochte frischen Kaffee, legte eine CD mit Weihnachtsliedern ein und goss die große Grünpflanze in der Ecke. Dann stellte sie eine verführerische Auswahl an Kuchen, Plätzchen und anderen weihnachtlichen Leckereien auf den Esszimmertisch. Sie hielt einen Moment inne und nahm die wohltuende Atmosphäre in sich auf – die weihnachtlichen Klänge, Düfte und Dekorationen. Ja, es würde alles gut werden. Zwar anders als sonst, aber warum sollte es schlechter sein? Und vielleicht konnte sie im nächsten Jahr wieder ihre Kinder um sich haben.

## 7. *Willkommen in der Villa*

Seit Dienstagnachmittag waren sämtliche Zimmer ausgebucht. Melanie und Michael Thomas, ein nettes Paar in den Dreißigern aus Seattle, waren in der Mittagszeit eingetroffen und hatten »Frisches Wasser« bezogen. Und Leslie, die seit Kurzem geschiedene junge Mutter, erschien mit ihrer kleinen Tochter Julia rechtzeitig zum Nachmittagstee.

»Oh«, staunte die Kleine und betrachtete mit großen Augen den stattlichen Tannenbaum. »Schau mal, Mami, ein riesiger Weihnachtsbaum!«

»Schön haben Sie es hier«, sagte Leslie, während sie den Blick durch das festlich geschmückte Zimmer schweifen ließ und den geschmackvoll gedeckten Tisch betrachtete. »Noch viel schöner, als ich erwartet hatte.«

Zu Hannas großer Erleichterung gab es doch offensichtlich ein paar Gäste, die sich ehrlich darüber freuten, was ihre bescheidene kleine Pension zu bieten hatte. Vielleicht würde die Woche doch nicht so schlecht werden.

»Möchten Sie zuerst Ihr Zimmer beziehen und dann zum Tee herunterkommen?«, schlug sie vor.

»Gern«, erwiderte Leslie, während sie sich aus dem dicken Daunenmantel schälte und ihn über den Arm legte. »Laut Wettervorhersage ist kein Schnee zu erwarten, aber es ist plötzlich viel kälter geworden. Man weiß gar nicht, was man davon halten soll.«

»Schnee!«, rief Julia und blickte Hanna erwartungsvoll an. »Glaubst du, dass es zu Weihnachten schneit?«

»Man kann nie wissen«, lächelte Hanna. »Und es wäre nicht das erste Mal, dass die Wetterfrösche sich irren.«

Auf dem Weg zu ihrem Zimmer blieb Julia auf dem Flur stehen und betrachtete auf einem Tischchen in einer Ecke eine zierliche Porzellanfigur. »Guck mal, Mami.« Sie zupfte ihre Mutter am Ärmel. »*Ein Engel.*« Sie streckte ihre kleine Hand danach aus.

»Nicht anfassen, Julia.« Leslie hielt sie sanft zurück. »Er sieht sehr zerbrechlich aus.«

»Er hat es bisher geschafft, alle Besuche unserer Enkelkinder zu überleben«, sagte Hanna, während sie die Gäste nach oben geleitete. Lächelnd öffnete sie die Tür zum Zimmer mit dem Namen »Lämmchen« und blieb lange genug stehen, um Julias Begeisterungsrufe zu hören, als sie die Bilder von kleinen Lämmern und die niedlichen Schafe aus Holz, Wolle und Gips entdeckte, die das Zimmer schmückten. Die Freude des kleinen Mädchens war ansteckend. Hanna spürte, wie sich ihre Stimmung hob.

Unten goss sie sich eine Tasse Tee ein und blickte zum Fenster hinaus, während sie an dem heißen Getränk nippte. Die Temperaturen schienen wirklich zu fallen, doch der Himmel war noch immer strahlend blau und wolkenlos. Das konnte sich natürlich schnell ändern. So war das hier in den Bergen. Laut Stadtchronik war das Wetter damals, als die Trapper vor vielen Jahren vom Schneesturm überrascht worden waren, ganz ähnlich gewesen – zuerst mild und für die Jahreszeit zu warm –, dann war es plötzlich umgeschlagen, und der Wind hatte sich zum stärksten Blizzard der Geschichte ausgewachsen.

Ein Schneesturm hätte gerade noch gefehlt. Aber eine hübsche weiße Schneedecke zu Weihnachten für die kleine Julia – das wäre schön.

Das Schrillen des Telefons in der Küche holte Hanna jäh in die Gegenwart zurück. Die männliche Stimme am anderen Ende klang ziemlich ärgerlich. »Wir haben hier ein kleines Problem im ›Café Nordpol‹.«

»Wer ist am Apparat, bitte?«

»Hier spricht Bürgermeister Drummel. Einer Ihrer Gäste,

eine äußerst exzentrische alte Dame, hat hier einen ziemlichen Aufstand verursacht. Soll das eine Anti-Weihnachtsmann-Kampagne sein?«

»Oh nein, nicht schon wieder.« Hanna holte tief Luft. »Das klingt nach Myrtle. Und Sie tragen, wenn ich richtig vermute, heute Ihr Weihnachtsmannkostüm?«

»Richtig. Könnten Sie vielleicht freundlicherweise herkommen und diese Frau entfernen – bevor ich die Polizei rufe?«

»Natürlich«, erwiderte Hanna bestürzt. »Ich komme sofort.«

Melanie und Michael kamen gerade herein und steuerten auf den Tisch mit Tee und Gebäck zu, als Hanna das Haus verließ. »Es tut mir schrecklich leid«, entschuldigte sie sich, »aber ich muss rasch in die Stadt, um einen Gast abzuholen. Bitte, bedienen Sie sich und fühlen Sie sich wie zu Hause.«

»Vielen Dank«, sagte Melanie, »das sieht lecker aus.«

»Gern geschehen. Ich bin bald wieder da, es dürfte nicht lange dauern.«

Wie üblich in der Woche vor Weihnachten posierte Bürgermeister Drummel in seinem Santa-Claus-Kostüm, während die kleinen Kinder Schlange standen, um bei ihm auf dem Schoß zu sitzen.

»Sie ist drinnen im Café«, sagte der Bürgermeister, als er Hanna entdeckte. »Ich war so wütend, dass ich ihr drohte, wenn sie nicht sofort von der Bildfläche verschwände, würde ich die Polizei holen.«

»Es tut mir leid«, begann Hanna.

»Schon gut, sorgen Sie einfach dafür, dass sie das Lokal verlässt.« Seine Stimme klang gedämpft. »Sie ruiniert die ganze Vorstellung. Sie hat den Kindern tatsächlich erzählt, dass mein Mantel und Bart nur eine Verkleidung sind und es in Wirklichkeit gar keinen Weihnachtsmann gibt.«

Hanna schüttelte bedauernd den Kopf. »Es tut mir wirklich leid.«

»Bringen Sie sie bloß weg von hier, je schneller, desto besser«, sagte er, während er sich auf dem Absatz umdrehte und zurück zu seinem großen, mit Samt bezogenen Sessel ging. »Nun, liebe Kinder, jetzt wird alles gut«, dröhnte er mit lauter Stimme. »Diese alte Frau war früher, als sie noch ein kleines Mädchen war, sehr ungezogen und hat von mir immer nur Kohlestücke und eine Rute bekommen.«

Die Kinderaugen weiteten sich vor Entsetzen. Wer war nicht das eine oder andere Mal ungezogen gewesen?

»Doch habt keine Angst«, fuhr er mit beruhigender Stimme fort, »ich weiß, dass ihr alles brave Kinder seid. Euch bringe ich etwas Besseres.«

Hanna betrat das Café in banger Erwartung. Im Geiste sah sie Myrtle, auf einem Stuhl stehend, wie sie mit erhobenem Zeigefinger die Gäste zur Buße aufrief, um der gerechten Strafe für ihren Weihnachtswahn zu entgehen.

Erleichtert stellte sie fest, dass ihre Befürchtungen nicht zutrafen. Myrtle saß still an der Bar, vor sich einen Becher Kaffee.

»Ich habe gehört, es hat Ärger gegeben …« Hanna versuchte, ihrer Stimme einen neutralen Klang zu verleihen. Sie setzte sich auf den freien Stuhl neben Myrtle und hätte schwören können, dass sämtliche Augen im Raum auf sie gerichtet waren. Es war offensichtlich, dass alle hofften, sie möge diese verrückte Alte so schnell wie möglich aus dem Lokal entfernen. Hanna zögerte. Auf keinen Fall durfte sie jetzt etwas Falsches sagen, denn das würde alles nur noch schlimmer machen.

Doch Myrtle war die Gelassenheit in Person. »Nicht der Rede wert«, sagte sie in sachlichem Ton. »Ich wollte bloß die Dinge richtigstellen. Erwachsene sollten Kinder nicht belügen.«

»Aber es ist doch nur Spaß, nur eine Geschichte«, wandte Hanna ein.

Myrtle schnaubte verächtlich. »Ich habe den Kindern geraten, wenn sie wirklich wissen wollen, was es mit Weihnachten auf sich hat, dann sollen sie gefälligst zum Gottesdienst kommen und sich das Krippenspiel ansehen.«

*»Das haben Sie gesagt?«* Hannas Gesichtsausdruck war bestürzt. Wie konnte sie auf diese Weise Menschen zum Gottesdienst einladen! Diese Myrtle brächte es fertig, jemandem die Pistole auf die Brust zu setzen, mit der Drohung, abzudrücken, falls er sich nicht bekehrte. Kein Wunder, dass der Bürgermeister so aufgebracht war. Soweit Hanna wusste, hatte der arme Mann in seinem ganzen Leben noch nie einen Fuß in eine Kirche gesetzt, und nach Myrtles heutiger Vorstellung würde es wohl auch für die nächsten Jahre dabei bleiben.

»Und ob ich das gesagt habe«, antwortete Myrtle mit Nachdruck. »Und ich werde es, wenn nötig, auch wiederholen.«

»Bitte, tun Sie das nicht.«

»Ich finde einfach, dass es eine Schande ist, wenn Kinder glauben, an Weihnachten ginge es bloß um den Weihnachtsmann und seine Geschenke. Jemand muss ihnen doch die Wahrheit erzählen.«

»Aber alles zu seiner Zeit, Myrtle«, sagte Hanna. »Ich bin sicher, die Kinder werden die Wahrheit an anderer Stelle jedes Jahr hören.«

Inzwischen hatte Myrtle ihren Kaffee ausgetrunken, und Hanna geleitete sie unauffällig zur Hintertür hinaus zum Parkplatz.

»Wie kalt es geworden ist«, bemerkte Myrtle. »Da liegt Schnee in der Luft, das spüre ich in meinen alten Knochen.«

»Ja, hoffentlich schneit es noch«, sagte Hanna, dankbar für den Themenwechsel. »Unter den neuen Gästen ist ein kleines Mädchen, das den lieben Gott um weiße Weihnachten bittet.« Sie schaute zu den Bergen hoch und sah, dass die Gipfel von dicken, grauen Wolken verhüllt waren.

»Sie betet um *Schnee*?« Myrtle schüttelte missbilligend den Kopf. »So etwas Dummes.«

Hanna beschloss, nicht darauf einzugehen, und sagte stattdessen: »Jetzt sind alle Gäste da. Wir sind voll belegt.«

»›Kein Raum in der Herberge‹ könnte man sagen, nicht wahr?«

Hanna musste lächeln. »Ja, so könnte man es nennen.« Und sie ertappte sich dabei zu denken, wie schön es wäre, wenn plötzlich ein Zimmer frei würde – und zwar das einer eigensinnigen alten Dame. Im selben Augenblick schalt sie sich für ihre lieblosen Gedanken. Ging es nicht bei diesem Weihnachtsfest um Gastfreundschaft Fremden gegenüber? Zweifellos hatte sie noch nie einen Gast gehabt, bei dem sie sich mit der Gastfreundschaft so schwergetan hatte wie bei Myrtle Pinkerton.

* * *

Als die beiden Frauen nach Hause kamen, waren alle außer Albert Benson einträchtig beim Tee im Esszimmer versammelt. Es herrschte eine zwanglose, fast familiäre Atmosphäre. Offensichtlich hatten die Gäste sich miteinander bekannt gemacht und unterhielten sich lebhaft. Zu Hannas Erleichterung hatte sich sogar Charles, der sich gewöhnlich im Arbeitszimmer verschanzte, unter die Gäste gemischt und war mit Jim Fields in ein Gespräch über Australien vertieft. Anscheinend hatte Mr Fields mit seiner Familie letztes Jahr Weihnachten dort verbracht. Melanie und Michael Thomas hielten ein Schwätzchen mit der kleinen Julia und fanden auch, dass es zu Weihnachten unbedingt schneien sollte. Fast wie eine große Familie, dachte Hanna.

Sie beeilte sich, Myrtle vorzustellen, und hoffte, die unberechenbare alte Dame würde nichts tun oder sagen, wodurch sie sich den Rest der Gruppe von Anfang an zu Feinden machte.

Doch zu ihrer Überraschung geschah nichts dergleichen. Myrtle war bester Dinge. Sie begann eine Unterhaltung mit Leslie, bewunderte ihren selbst gestrickten Pullover und gab ihr bereitwillig Tipps zum Thema Stricken, damit sie es beim nächsten Mal noch besser machen konnte. *Typisch Myrtle*, dachte Hanna leicht amüsiert, *sie kann es nicht lassen*.

Sie ging in die Küche, um eine Kanne frischen Tee aufzugießen. Ihre Gedanken kreisten um Myrtle, während sie den Wasserkessel auf die Herdplatte stellte. Vielleicht sollte sie verhindern, dass sie sich in der Stadt blicken ließ? Vielleicht konnte sie Myrtle anbieten, mit Charles und ihr in der Küche zu essen, zumal Myrtle sich dort ohnehin am wohlsten zu fühlen schien. Doch wenn sie ablehnte und darauf bestand, in die Stadt zu gehen? Schließlich konnten sie Myrtle nicht im Haus einsperren. Vielleicht hatte Charles eine Idee.

Als sich der Nachmittag dem Ende zuneigte, löste sich die Teegesellschaft langsam auf. Die Gäste verzogen sich in ihre Zimmer oder machten sich auf, um das Städtchen zu erkunden. Charles gesellte sich zu Hanna in die Küche. »Alles in Ordnung?«, fragte er, und Hanna vermutete, dass man ihr, wie üblich, an der Nasenspitze ansehen konnte, dass etwas nicht in Ordnung war.

Also erzählte sie ihm von dem peinlichen Vorfall im Café Nordpol. Charles brach in schallendes Gelächter aus. »Ich kann mir lebhaft vorstellen, was der arme Drummel für ein Gesicht gemacht hat«, sagte er, nachdem er sich erholt hatte.

»Das ist leider noch nicht alles«, fuhr Hanna fort und berichtete, auf welch unsensible Art und Weise Myrtle die Leute zum Gottesdienst eingeladen hatte.

Charles nahm es gelassen. »Mach dir nichts daraus, Hanna. Wer zur Kirche kommen will, wird kommen, und wer nicht kommen will, findet sowieso einen Grund, um wegzubleiben. Außerdem hat es Myrtle wahrscheinlich nur gut gemeint.«

»Trotzdem – ich bin der Meinung, wir sollten mit ihr reden.« Hanna ließ sich nicht beirren.

»Du meinst, *ich* sollte mit ihr reden?«

»Nun ja, du kannst das besser als ich …« Sie machte eine rhetorische Pause und unterbreitete dann ihren Vorschlag. »Wir könnten ihr doch einmal am Tag eine warme Mahlzeit anbieten, die sie gemeinsam mit uns in der Küche einnimmt, sozusagen als besonderen Service, da sie ja kein Auto hat und es für sie so beschwerlich ist, in die Stadt zu kommen. Wie findest du das?«

Charles nickte. »Scheint mir eine gute Idee.«

Als sie später Myrtle den Vorschlag unterbreiteten, war diese, so wie Hanna gehofft hatte, sofort einverstanden.

Am Abend löffelten sie zu dritt am Küchentisch ihre Bohnensuppe. Dazu gab es frisches Maisbrot. Als Hanna aus dem Fenster blickte, sah sie im Licht der Straßenlaterne dicke weiße Schneeflocken zu Boden schweben.

»Es schneit!«, rief sie und freute sich wie ein Kind. »Vielleicht kriegen wir doch noch weiße Weihnachten.«

Charles nickte. »Die Wetterfrösche irren sich, wie immer.«

»Die sollten Leute wie mich als Wetterfrösche einstellen, Leute mit alten Knochen«, ergänzte Myrtle. »Dann könnten sie mit Sicherheit voraussagen, ob es regnen oder schneien wird. Meine Gelenke tun mir schon den ganzen Tag weh.«

»Wie gut, dass Sie nun wenigstens nicht mehr in die Stadt laufen müssen«, bemerkte Hanna, nicht ganz ohne Eigennutz.

Myrtle sagte nichts dazu, und Hanna kamen Zweifel, ob es ihr wirklich gelingen würde, die Eskapaden der alten Dame zu verhindern. Sie würde sie während der nächsten Tage auf jeden Fall im Auge behalten müssen.

* * *

Es war ein langer Tag gewesen, doch nun schien es, als ob Ruhe im Haus einkehrte. Die Gäste waren aus der Stadt zurück. Sogar der verschlossene Albert Benson hatte sich zum Essen hinausgewagt. Es war schon spät und alle waren auf ihren Zimmern.

Hanna und Charles machten einen letzten Gang durchs Erdgeschoss und löschten die Lichter, als es plötzlich an die Haustür klopfte.

»Wer mag das sein, um diese Zeit?«, fragte Hanna.

»Das werden wir gleich erfahren.« Charles ging zur Tür und öffnete sie einen Spalt. Ein kalter Luftzug wehte Schneeflocken herein. Auf der Türschwelle stand ein junges Pärchen.

Hanna spähte über Charles' Schulter und kniff die Augen zusammen, um besser sehen zu können. Die beiden sahen aus, als kämen sie aus einer anderen Zeit. Der hochgewachsene, schmalgesichtige Mann trug langes Haar und einen Vollbart. Eine dünne Schneeschicht bedeckte seinen dunklen Mantel. Doch es war die junge Frau, an der Hannas Blick hängen blieb, an ihren ernsten, großen Augen. Dunkle Korkenzieherlocken schauten unter einem karierten Schal hervor, den sie um den Kopf geschlungen hatte.

»Haben Sie für eine Nacht ein Zimmer frei?«, fragte der junge Mann. Charles' Blick wanderte zu Hanna, dann wieder zu dem seltsamen Paar. »Es tut mir sehr leid, aber wir sind bis nach Weihnachten ausgebucht.«

Die Frau nickte und sagte mutlos: »Ich hab's dir doch gesagt, es hat keinen Sinn, Collin.«

»Kommen Sie doch einen Moment herein«, schlug Charles vor. »Hier drinnen ist es wärmer.«

Die beiden traten zögernd ein und schüttelten sich in der Eingangshalle den Schnee von den Kleidern. Staunend blickten sie sich um, offensichtlich beeindruckt.

»Fantastisch haben Sie es hier«, sagte der junge Mann.

»Ja, wunderschön«, ergänzte die Frau.

»Woher kommen Sie und was führt Sie in unsere Gegend?«, fragte Charles.

»Aus Montana«, sagte die Frau. »Und wir sind unterwegs nach Kalifornien.«

»Kalifornien?«, echote Hanna. »Sind Sie da nicht ein bisschen von der Route abgekommen?«

Die Frau verzog den Mund zu einem scheuen Lächeln. »Na ja, Collin hat den direktesten Weg nach Westen genommen. Dann haben wir beschlossen, genau nach Süden zu fahren, nach San Diego, wo sein Bruder wohnt.«

»Aber wir haben ein kleines Problem mit dem Motor«, fügte Collin erklärend hinzu.

»Und jetzt auch noch das Wetter«, sagte sie, »da draußen ist ein richtiger Schneesturm.«

»Und da dachten wir halt, wir gönnen uns eine Nacht im Hotel«, fuhr Collin fort. »Nur die eine, um mal wieder warm duschen und in einem richtigen Bett schlafen zu können, wissen Sie. Aber egal, wir sind sowieso knapp bei Kasse und können genauso gut in unserem Bus schlafen.«

»In Ihrem Bus?«, fragte Charles.

Collin deutete mit dem Kinn auf das Fenster zur Straße. »Ja, er dient uns als Wohnmobil, mit Bett und allem Drum und Dran. Nicht gerade ein Fünf-Sterne-Hotel, aber für uns ist es okay.«

Hanna trat ans Fenster und warf einen Blick hinaus, doch alles, was sie sehen konnte, waren dunkle Schatten und wildes Schneetreiben.

»Dürfen wir vielleicht dort an der Straße stehen bleiben?«, fragte die junge Frau. »Nur für eine Nacht.«

»Oder so lange, bis ich mich um den Motor kümmern kann«, ergänzte Collin. »Er hört sich nicht gut an.«

Charles warf Hanna einen fragenden Blick zu. Sie zuckte die Achseln. »Warum nicht? Ich denke, das wäre kein Problem.«

»Bleiben Sie ruhig da stehen«, sagte Charles. »Solange es nicht für länger ist.«

»Brauchen Sie irgendetwas?«, fragte Hanna. »Haben Sie genug zu essen dabei?«

Die Augen der Frau leuchteten auf. »Wir haben nicht mehr

viel Wasser. Und – ja, wenn Sie etwas zu essen übrig hätten, das wäre super. Wir sind ziemlich abgebrannt. Wir hoffen, wir schaffen es bis runter nach San Diego. Collin will sich dort einen Job suchen, wissen Sie.«

»Kommen Sie mal mit in die Küche. Ich habe noch Reste vom Abendbrot, die Sie gern mitnehmen können. Übrigens, ich bin Hanna Gordon, und mein Mann heißt Charles.«

»Oh, Entschuldigung«, sagte die junge Frau und eine leichte Röte stieg ihr ins Gesicht. »Wir haben uns noch nicht mal vorgestellt. Ich bin Amy Schuster und« – sie deutete mit dem Daumen rückwärts über ihre Schulter – »das ist Collin.«

Im hellen Schein der Küchenlampe konnte Hanna sehen, dass Amy noch sehr jung war. Sie schätzte sie auf Anfang zwanzig, wenn überhaupt. Und sie war hochschwanger.

»Sie erwarten ein Baby?«, fragte Hanna, während sie eine Schüssel Bohnensuppe zum Aufwärmen in die Mikrowelle schob.

»Ja. Es soll in der ersten Januarwoche kommen. Aber ich habe tierische Rückenschmerzen und fühle mich jetzt schon so dick wie ein Elefant. Ich hätte nichts dagegen, wenn das Baby schon heute käme.«

»Heute Nacht?« Hanna sah sie mit hochgezogenen Brauen an. »Aber was würden Sie dann tun? Das nächste Krankenhaus ist über eine Stunde entfernt, und das bei gutem Wetter.«

»Macht nichts, ich möchte das Kind sowieso auf natürliche Art zu Hause bekommen.« Sie wirkte bei dem Gedanken völlig unbeschwert. »Oder eben im Bus.«

»Wirklich?« Hanna wickelte ein großes Stück Maisbrot in Plastikfolie und verstaute es zusammen mit etwas Obst in einer Tüte.

»Darf ich den hier auffüllen?« Collin kam herein, in der Hand einen Wasserkanister.

»Aber natürlich«, sagte Hanna. »Oder Sie dürfen auch gern

das Waschbecken auf der Terrasse benutzen. Das ist einfacher, glaube ich«

Charles kam ebenfalls in die Küche.

»Amy Schuster ist schwanger und das Baby kommt bald.« Hanna versuchte, den sorgenvollen Unterton in ihrer Stimme zu verbergen.

»Ja«, sagte Amy, »je eher, desto besser. Obwohl es wahrscheinlich einfacher wäre, wenn es warten würde, bis wir in San Diego sind. Und wärmer obendrein.«

»Das Reisen muss sehr beschwerlich für Sie sein«, meinte Charles.

»Es geht«, antwortete sie. »Wenn die Rückenschmerzen zu stark werden, gehe ich einfach nach hinten und lege mich aufs Bett. Doch auch da spüre ich manchmal das Holpern. Haben Sie eine Ahnung, wie holprig so ein Bus sein kann?«

Charles schüttelte den Kopf.

»Bitte schön – das ist für Sie.« Hanna reichte Amy die Tüte mit den Lebensmitteln. »Und Sie dürfen gern morgen wiederkommen und sich Frühstück holen.«

»Ist das Ihr Ernst?« Verwunderung lag in Amys Augen.

»Absolut«, sagte Hanna. »Es ist immer etwas übrig.«

Collin drehte den Schraubverschluss auf den gefüllten Wasserkanister. »Ihr Leute seid echt cool«, sagte er mit breitem Lächeln. »Ich hab' zu Amy gesagt, es gibt doch noch gute Menschen auf der Welt.«

Charles erwiderte sein Lächeln. »Na, das wollen wir hoffen.«

Sie brachten die beiden zur Tür und wünschten eine gute Nacht. »Schlafen Sie gut«, sagte Hanna und sah ihnen nach, wie sie im Schneegestöber verschwanden. Beinahe hätte sie hinzugefügt: »Und warten Sie mit dem Baby.« Aber sie beherrschte sich und hoffte inständig, dass Amy keine Wehen bekam, bevor sie in Sicherheit und im sonnigen Kalifornien angelangt waren.

»Was für ein Abend.« Charles zog die Tür hinter sich zu und drehte den Schlüssel im Schloss.

»Ja, und was für ein nettes Paar«, sagte Hanna. »Ich wünschte, wir hätten ein Zimmer frei. Ich hätte es ihnen umsonst gegeben.«

Er legte den Arm um ihre Schulter. »Ich weiß, das hättest du, meine Liebe. Das ist eins von den vielen Dingen, die ich an dir liebe.«

Schweigend gingen sie nach oben in ihr Zimmer und fielen müde ins Bett.

## *8. Ein ungewöhnliches Vehikel*

»Was in aller Welt ist denn *das*?«, rief Myrtle entsetzt, als sie am nächsten Morgen Hannas Küche betrat.

»Was?« Hanna blickte von ihrem Andachtsbuch auf und versuchte, sich ihre Verärgerung über die Störung nicht anmerken zu lassen. Myrtle hatte leider die Gewohnheit, jeden Tag in aller Herrgottsfrühe aufzustehen. Hanna seufzte und ließ das Buch sinken. Falls sie morgens Stille haben wollte, würde sie gezwungen sein, noch früher aufzustehen als bisher. Dabei schlich sie schon jeden Morgen lange vor Tagesanbruch die Treppe hinunter.

»Dieses hässliche Vehikel, das da vor Ihrem Haus parkt.«

Hanna ging ins Wohnzimmer und blickte aus dem großen Panoramafenster. »Du meine Güte …« Sie dachte an ihre nächtlichen Besucher. »Das ist … äh, sehr interessant.«

»Es ist abscheulich!«

»Nun, auf jeden Fall farbenfroh.« Hanna konnte ein Lächeln

nicht unterdrücken, als sie die bunten Streifen, Blumen und wilden geometrischen Muster betrachtete, die den Bus von oben bis unten bedeckten. »Wie ein Hippie-Fahrzeug aus den Siebzigern.«

»Auch das noch«, sagte Myrtle mit angewidertem Blick. »Haben Sie eine Ahnung, wo dieses Monstrum plötzlich herkommt?«

Hanna erzählte ihr von dem jungen Pärchen, das am späten Abend unerwartet vor der Tür gestanden hatte. »Und wir haben ihnen erlaubt, für eine Nacht dort zu parken«, schloss sie. Belustigt fügte sie hinzu: »Allerdings haben wir den Bus im Dunkeln und bei dem Schneetreiben gestern nicht gesehen.«

»Bei Tageslicht ist er jedenfalls nicht zu übersehen.«

Selbst unter der dicken Schneedecke stachen die grellen Farben des Fahrzeugs beinahe schmerzhaft ins Auge. Die weiße Schneehaube verlieh dem Bus etwas Groteskes. Er stand da wie ein urzeitliches Ungeheuer. »Keine Angst«, sagte Hanna, »gegen Mittag werden sie wahrscheinlich weiterfahren.«

Sie ging zurück in die Küche, wobei sie missmutig feststellte, dass Myrtle ihr auf den Fersen blieb. »Die beiden sind noch sehr jung«, erzählte sie weiter, »und auf der Durchreise nach Kalifornien. Hoffentlich schaffen sie es rechtzeitig, bevor das Baby kommt.«

»Ein Baby?«, rief Myrtle bestürzt. »Da reisen Leute in diesem alten, klapprigen Ding, wenn sie ein Baby erwarten? So etwas Verrücktes habe ich noch nie gehört. Das ist geradezu verantwortungslos!« Sie senkte die Stimme. »Glauben Sie, dass diese jungen Leute Drogen nehmen?«

Hanna schüttelte den Kopf. »Nein, das glaube ich nicht.«

»Na ja, ich erinnere mich noch an Zeiten, als nur drogensüchtiges Gesindel in solchen fahrenden Behausungen lebte. Asoziale, die der Gesellschaft den Rücken gekehrt hatten oder sich gegen irgendetwas auflehnen wollten, was weiß ich.

Wenn Sie meine Meinung hören wollen: Ich finde es schrecklich, wenn ein Kind in einer solchen Umgebung aufwachsen muss.«

Hanna wollte erwidern, dass niemand nach ihrer Meinung gefragt hatte, besann sich jedoch eines Besseren und bat Myrtle stattdessen, den Pfannkuchenteig zu rühren. Wenn sie sich schon in der Küche häuslich niederließ, konnte sie sich auch nützlich machen.

Das Frühstück verlief ruhig und ohne weitere Zwischenfälle. Das junge Paar aus dem Bus ließ sich nicht blicken. Zuerst war Hanna erleichtert, ersparte es ihr doch weitere Erklärungen gegenüber ihren zahlenden Gästen, die sich fragen mochten, wer diese Leute waren. Später jedoch, als sie den Tisch abräumte, stellten sich die ersten Gewissensbisse ein. War vielleicht etwas nicht in Ordnung? Wenn sie nun in der Nacht im Bus erfroren oder aufgrund irgendeines Lecks an einer Gasvergiftung gestorben waren? Oder wenn Amy Schuster in den Wehen lag und ärztliche Hilfe brauchte?

Schließlich hielt Hanna es nicht länger aus, stellte die benutzten Teller in die Spüle, zog ihre gefütterten Stiefel an und warf sich einen Mantel über. Eilig lief sie über die Straße und hielt auf den Bus zu. Als sie an die Tür klopfte, war ihr etwas merkwürdig zumute. Sie wollte nicht aufdringlich sein – andererseits würde sie es sich nie verzeihen, falls wirklich etwas Schlimmes passiert wäre und sie nicht nach den jungen Leuten geschaut hätte.

Als ihr lautes Klopfen ungehört verhallte, probierte sie es mit Rufen. Endlich regte sich drinnen etwas und Collin Schusters verschlafenes Gesicht erschien am Fenster. Mit nacktem Oberkörper öffnete er die Tür und blinzelte ins helle Licht, als müsste er sich erst orientieren, wo er war. »Was gibt's?«, brummte er. »Ist was passiert?«

»Äh, nein«, stammelte Hanna. »Ich – äh – wollte bloß mal nachsehen. Ich hatte Sorge, dass Ihnen etwas passiert sein könnte, und wollte nur wissen, ob alles in Ordnung ist. Hatten Sie es warm genug?«

Er nickte und sie sah in seinem Gesicht, dass die Erinnerung an den vergangenen Abend zurückkehrte. »Ja, kein Problem. Ist gemütlich warm hier drinnen. Sie brauchen sich keine Sorgen zu machen.«

»Wenn Sie Frühstück möchten, kommen Sie einfach rüber. Ich habe für Sie und Amy etwas zurechtgemacht.«

»Gern, danke.« Mit der Andeutung eines Lächelns schloss er die Tür.

Hanna fühlte sich wie eine überbesorgte Glucke, als sie zum Haus zurückging. Natürlich war alles in Ordnung. Was sollte schon sein? Sie waren einfach nur müde von der langen Reise und wollten ausschlafen. Hatte sie denn ganz vergessen, dass junge Leute morgens immer bis in die Puppen schliefen? Bei ihren eigenen Kindern war es nicht anders gewesen. Dennoch, was Myrtle da über Drogen gesagt hatte, machte sie nachdenklich. Aber eine schwangere Frau würde doch nicht … Oder etwa doch?

Es war kurz vor elf, als Collin und Amy endlich zum Frühstück erschienen, doch Hanna setzte sich mit möglichst entspannter Miene zu ihnen und tat, als sei alles völlig normal. Sie schenkte sich sogar selbst noch mal Tee ein.

»Wissen Sie inzwischen, was mit dem Motor los ist?«, fragte sie, um ein Gespräch zu beginnen. Im selben Augenblick biss sie sich auf die Zunge und hoffte, es klang nicht so, als könnte sie ihre Abreise kaum erwarten.

»Nicht genau«, antwortete Collin. »Ich bin kein Mechaniker.«

»Charles kennt sich ganz gut mit Motoren aus«, sagte Hanna leichtfertig.

»Meinen Sie, er könnte sich den Bus mal ansehen?« Amy sah sie hoffnungsvoll an.

»Oh, ich habe vergessen, dass heute Mittwoch ist. Kein guter Tag für Charles für Reparaturen, fürchte ich.«

»Was macht er denn immer mittwochs?« Collins Augen blickten neugierig.

»Er ist Pastor«, erklärte Hanna. »Mittwochs ist immer Abendgottesdienst, und da sitzt er meistens den ganzen Tag an seiner Predigt.«

»Ach so.« Amy seufzte. Gedankenverloren streichelte sie ihren dicken Bauch.

Als Hanna ihre enttäuschten Gesichter sah, sagte sie schnell: »Ich kann ihn natürlich fragen, ob er zwischendurch mal Zeit hat.« Außerdem, dachte sie, wenn nicht irgendjemand diesen Motor zum Laufen brachte, gab es keine Fortsetzung der Reise, und der auffällige Bus würde noch länger dort stehen.

Nachdem die beiden ihr Frühstück verspeist hatten, klopfte Hanna leise an die Tür zum Arbeitszimmer. »Tut mir leid, dass ich dich störe«, begann sie und brachte dann die Sprache auf den fahruntüchtigen Bus und dass hier sachkundige Hilfe vonnöten war.

Charles legte den Stift aus der Hand und klappte seine Bibel zu. »Dieser Bus ist wirklich einmalig.«

Über Hannas Gesicht huschte ein Lächeln. »Das ist er. Ich habe schon daran gedacht, Hal Berry anzurufen, aber ich weiß nicht, ob das so eine gute Idee ist. Seine Arthritis macht ihm in letzter Zeit wieder ziemlich zu schaffen.«

Charles versprach: »Ich sehe mir den Motor an, sobald ich kann. Meine Predigt ist fast fertig und ich will gern behilflich sein. Auch wenn ich bezweifle, dass ich dabei eine große Hilfe sein kann.«

»Aber ohne Hilfe kommt der Bus nicht wieder in Gang. Und ich fürchte, es wird nicht mehr lange dauern, bis sich irgendwer aus der Nachbarschaft beschwert. Das riesige Ungetüm da draußen sticht schon von Weitem ins Auge.«

In dem Moment klingelte das Telefon. Charles nahm ab. »Hanna – für dich! Es ist Polly.« Er reichte ihr den Hörer. »Ich gehe in der Zwischenzeit mal nach draußen und schaue, was ich tun kann.«

Hanna sank in den breiten Ledersessel. »Hallo, Polly.«

»Was ist denn bei euch los?« Aus der Stimme ihrer Freundin klang unverhohlene Neugier.

Hanna lachte auf. »Meinst du unseren Hippie-Bus?«

»Allerdings. Herbert hat mir heute Morgen davon erzählt. Er hat den Bus gesehen, als er in die Stadt fuhr, um den Wagen für die Reise vollzutanken. Ich dachte erst, er nimmt mich auf den Arm. Deshalb habe ich ihn vorhin gebeten, durch eure Straße zu fahren, damit ich das Gefährt mit eigenen Augen sehen konnte. Ich rufe dich nämlich von unterwegs mit meinem Handy an. Ich kann doch nicht wegfahren, ohne zu wissen, was bei euch passiert ist.«

Hanna spürte, dass sie Pollys Neugier befriedigen musste, wenn sie es sich nicht mit ihr verscherzen wollte, und erzählte ihr die ganze Geschichte. Selbst den Part mit dem Baby ließ sie nicht aus.

»Du liebe Güte!«, rief Polly. »Ich wünschte, ich könnte dableiben, um zu sehen, was als Nächstes passiert. Zuerst kommt diese verrückte Myrtle, die es scheinbar darauf abgesehen hat, ganz Christmas Valley zur Umkehr zu rufen, und dann taucht plötzlich wie aus dem Nichts dieser Hippie-Bus auf. Ich würde mich nicht wundern, wenn ihr an Heiligabend noch ein Baby unterm Christbaum habt!«

»Oh nein, hoffentlich nicht. In Geburtshilfe war ich nie besonders gut. Und die Entbindung meiner eigenen Kinder habe ich nur unter Narkose überstanden. Falls Amy Schuster Hilfe braucht, könnte ich höchstens Helen anrufen – vorausgesetzt, sie erinnert sich noch an ihre Kurse in Frauenheilkunde und Säuglingspflege, nach so vielen Jahren.«

»Das hätte Helen noch gefehlt, bei ihren schlimmen Knien und schlechten Augen. Also, halte mich auf dem Laufenden, wenn's interessant wird, ja?«

»Das tue ich«, versprach Hanna. »Und gute Reise. Fahrt vorsichtig, die Straßen sehen ziemlich glatt aus.«

»Machen wir, danke. Und frohe Weihnachten, Hanna. Für euch und für eure verrückten Gäste!«

Hanna zog die Stirn in Falten. Vielleicht würden Collin und Amy auf Außenstehende ziemlich befremdlich wirken – zwei ausgeflippte Hippies in einem heruntergekommenen Bus. Dabei waren sie ein nettes Paar, fast noch Kinder, deren Lebensumstände zurzeit alles andere als einfach waren. Ja, selbst Myrtle war in ihrer schrulligen Art liebenswert. Sie war zwar exzentrisch und benahm sich manchmal unmöglich, doch im Grunde, das spürte Hanna, hatte sie das Herz auf dem rechten Fleck.

Sie hing noch ihren Gedanken nach, als sie von einer lauten Männerstimme in die Wirklichkeit zurückgeholt wurde.

»Lassen Sie mich doch in Frieden!«, schallte es aus dem Flur, dann knallte eine Tür. Die Geräusche kamen eindeutig aus der Gäste-Etage. Hanna sprang auf und eilte die Treppe hinauf.

»Was ist denn los?«, erkundigte sie sich atemlos. Myrtle stand vor dem Zimmer von Albert Benson. »Was ist passiert?«

Myrtle machte ein betont argloses Gesicht und sagte achselzuckend: »Ich weiß auch nicht.«

»Aber ich habe eine laute Stimme von hier oben gehört«, hakte Hanna nach. »War das Mr Benson? Was hatte er denn? Worüber hat er sich so aufgeregt?«

»Nichts weiter. Er ist eben ein sehr launischer alter Mann.« Myrtle schickte sich an, den Rückzug in ihr Zimmer anzutreten.

In dem Augenblick ging Mr Bensons Tür auf. »Ich bin überhaupt nicht launisch! Ich will nur meine Ruhe haben«, schrie er aufgebracht.

»Darf ich dann fragen, warum Sie überhaupt hier sind?«, konterte Myrtle. »In einer Frühstückspension?«

»Vielleicht, um etwas Ruhe und Erholung zu finden«, lenkte Hanna ein. Was ihre Gäste in ihrem Haus normalerweise auch fanden.

»Bei dem ganzen Weihnachtsrummel?« Myrtle schaute skeptisch von einem zum anderen.

»Das geht Sie nichts an«, antwortete Mr Benson mit eisiger Stimme, und Hanna hoffte, dass die Bemerkung an Myrtle gerichtet war.

»Sie haben recht, Mr Benson«, sagte Hanna in beruhigendem Ton, »das geht niemanden etwas an. Ich wollte bloß nachschauen, ob alles in Ordnung ist und ob es Ihnen gut geht.«

»Mir geht es gut – solange *sie* mich in Ruhe lässt!« Er zeigte mit dem Finger auf Myrtle.

»Haben Sie gehört, Myrtle?« Hanna kam sich vor, als müsste sie wieder einen Streit ihrer kleinen Kinder schlichten. »Mr Benson möchte nichts als seine Ruhe haben.«

Myrtle zuckte die Achseln. »Das behauptet er … Doch wenn er so ruhebedürftig wäre, hätte er gleich zu Hause bleiben sollen.«

Mr Benson knallte empört seine Tür zu.

Hanna konnte nicht umhin, mit den Augen zu rollen. »Bitte, Myrtle«, sagte sie und bemühte sich krampfhaft um einen ruhigen, gefassten Ton. »Hören Sie auf, den armen Mann zu belästigen. Ich bitte Sie.«

»Na schön«, entgegnete Myrtle. »Aber Sie werden es noch bereuen.«

»*Ich* werde es bereuen?«

Myrtle nickte wortlos und schlurfte langsam zu ihrem Zimmer.

Hanna ging seufzend wieder nach unten. Sie fragte sich je länger, je mehr, ob sie eine Pension führte oder eine Anstalt für Geistesgestörte.

Hoffentlich würden sie die Feiertage herumkriegen, ohne dass ihre Gäste sich gegenseitig aus dem Haus jagten. Unwillkürlich musste sie lachen. Das Ganze erinnerte sie mehr an ihre eigene Familie, als sie es vorher für möglich gehalten hätte. Ihre Töchter Katie und Krista hatten sich ständig gestritten. Während der Weihnachtstage waren sie sich gewöhnlich besonders auf die Nerven gegangen. Sie dachte auch daran, wie ihre Söhne Tommy und Jack sich aufgespielt und versucht hatten, einander auszustechen und mit ihren Leistungen aufzutrumpfen, bis es keiner mehr hören konnte. Es gab wohl keine Familie, in der es immer harmonisch zuging.

In dem Augenblick kam Charles in die Küche. »Ich fürchte, dieser Bus ist alles andere als reisetüchtig.« Er wusch sich die Hände an der Spüle. »Nicht ohne größere Reparatur, von den Kosten ganz zu schweigen.«

»Haben die beiden denn das Geld dafür?«

»Das wird hinten und vorne nicht reichen. Wir, ich meine die Gemeinde, könnten ihnen da vielleicht unter die Arme greifen. Aber ich müsste vorher eine außerplanmäßige Gemeinderatssitzung einberufen, und dafür ist nicht gerade die beste Zeit im Jahr. Ehrlich gesagt, ich weiß nicht …« Er schüttelte den Kopf. »Es ist ja nicht nur der Motor. Die Reifen haben so gut wie kein Profil mehr, und Schneeketten haben sie auch nicht dabei. Wie wollen sie denn so über den Pass kommen?« Er seufzte. »Die heutige Jugend.«

»Nun, du weißt ja, was in der Bibel steht …« Hanna lächelte.

»Worauf willst du hinaus?«

»Dass Gott ein Herz hat für Kinder und für die Armen.«

Charles nickte. »Die zwei passen jedenfalls in beide Kategorien.«

Er wiegte nachdenklich den Kopf. »Amy Schuster ist erst neunzehn. Stell dir einmal vor: *neunzehn Jahre!* Unsere Krista ist sieben Jahre älter, und ich hätte mir nicht vorstellen können, dass sie mit neunzehn in einer solchen Situation ...«

»Ich glaube nicht, dass Krista sich mit neunzehn in so eine Situation gebracht hätte.«

»Mag sein. Und Collin ist auch erst einundzwanzig. Sie sind fast noch Kinder, Hanna.«

»Vergiss nicht, dass ich sogar noch jünger war, als wir geheiratet haben. Und ich war noch keine einundzwanzig, als Tommy geboren wurde.«

»Das war etwas anderes«, verteidigte er sich. »Du warst damals viel reifer. Du wirktest immer älter, als du eigentlich warst.«

Sie lachte. »Schönen Dank auch. Aber, ja, vielleicht war es so.«

Er seufzte erneut. »Ich weiß einfach nicht, was ich machen soll oder wie ich ihnen helfen könnte.«

»Zerbrich dir nicht den Kopf, mein Lieber. Du brauchst das Problem ja nicht heute zu lösen«, erwiderte Hanna. »Außerdem – wenn sie eine weitere Nacht bleiben, könnten sie heute Abend zum Gottesdienst kommen. Und das wäre doch gar nicht so schlecht, was meinst du?«

Nun lächelte er. »Vielleicht wäre das wirklich nicht schlecht.«

Wie es sich herausstellte, sollte Hanna recht behalten. Amy und Collin waren nicht abgeneigt, und da sie nichts anderes vorhatten, sagten sie gerne zu.

»Wir gehen nur Ihretwegen hin«, vertraute Amy ihr später an. »Sie und Ihr Mann waren so nett zu uns, dass wir dachten, vielleicht sollten wir unsere Meinung über die Kirche und den ganzen religiösen Kram mal überdenken.«

Es war kurz nach sieben, als Hanna über die frisch geräumte Straße zur Kirche hinüberging. Sie war spät dran, denn es hatte einige Zeit gedauert, bis sie es geschafft hatte, von zu Hause loszukommen. Und das ging größtenteils auf Myrtles Konto. Die alte Dame hatte es besonders auf Mr Benson abgesehen. Hanna durchschaute ihre Motive noch nicht. Hatte Myrtle ein Auge auf den alten Herrn geworfen und versuchte, seine Aufmerksamkeit zu gewinnen? Oder fand sie Gefallen daran, ihn bis zur Weißglut zu reizen? Die Lage im »Guten Hirten« hatte sich derart zugespitzt, dass Hanna keinen anderen Ausweg mehr wusste, als Charles zu bitten, vermittelnd einzuschreiten. Das hatte gewirkt, und Mr Benson war so dankbar gewesen für die Schützenhilfe, dass er gern mit Charles eine halbe Stunde vor Gottesdienstbeginn zur Kirche hinübergegangen war, um beim Öffnen eines widerspenstigen Schlosses zu helfen. Wie sie kurz zuvor erfahren hatten, war er pensionierter Schlosser.

Myrtle hatte sich daraufhin, auf der Suche nach einem neuen Opfer, auf das Ehepaar Fields gestürzt, in der Überzeugung, dass hier eine »Beratung« angebracht sei. Sie gab eifrig ungebetene Ratschläge. Dem armen Ehepaar hätte eine Beratung sicherlich gut getan, aber Myrtle war wohl kaum die geeignete Therapeutin.

Zu guter Letzt war es Hanna endlich gelungen, Myrtle dazu zu bewegen, sich ebenfalls Richtung Kirche zu bewegen. Als die Unruhestifterin die Bühne verlassen hatte, bemühte sich Hanna zu retten, was noch zu retten war, doch das Ehepaar war bereits in eisiges Schweigen verfallen.

»Myrtle kann es einfach nicht lassen, sich überall einzumischen«, versuchte Hanna die Wogen zu glätten. »Ich hoffe, Sie nehmen sich ihre Worte nicht allzu sehr zu Herzen.«

Carmen Fields, die mit verschränkten Armen auf dem Sofa saß, blickte trotzig vor sich hin. »An dem, was sie gesagt hat, ist durchaus etwas Wahres dran. Jim tut *wirklich* so, als ob ich ihm völlig gleichgültig wäre.«

»Wer ist wem gleichgültig?«, bellte er zurück.

»Ich dir!«, fuhr sie ihn an. »Wir sind beinahe dreißig Jahre verheiratet und ich könnte an den Fingern einer Hand abzählen, wie oft du mir gesagt hast, dass ich dir etwas bedeute!«

»Das ist nicht wahr!«

Und so ging es weiter, bis die übrigen Gäste sich taktvoll zurückzogen.

## *9. Maria und Josef in Oregon*

Als Hanna kurz danach atemlos durch die Kirchentür hineinschlüpfte, war sie nicht sonderlich überrascht zu sehen, dass Myrtle schon wieder auf ihrem Stammplatz saß. Da sie ohnehin zu spät kam, nahm Hanna stattdessen hinten in der letzten Reihe Platz. Heute war sowieso ein merkwürdiger Tag. Nichts war, wie sie es sich vorgestellt hatte. Die Dinge schienen ihr mehr und mehr zu entgleiten. Inständig hoffte sie, dass sich die Lage bis Weihnachten entspannen würde, denn die Aussicht, über die Feiertage das Haus voller Gäste zu haben, die sich von früh bis spät stritten und auf die Nerven fielen, war zum Davonlaufen.

Hanna ließ ihren Blick über die Köpfe in den Reihen vor ihr schweifen. Ein paar alte Bekannte waren da, Nachbarn und einige ihrer Gäste. Außer der Begrüßung und den Bekanntmachungen schien sie noch nichts verpasst zu haben. Sie hoffte aus tiefstem Herzen, dass Myrtle sich diesmal vernichtender Kommentare enthalten und Mr Benson in Ruhe gelassen hatte.

Doch offensichtlich schien alles in bester Ordnung. Zudem war die Kirche besser besucht als sonst, was nicht viel heißen wollte, denn über die Hälfte der Plätze blieb trotzdem leer.

Einige Reihen weiter sah sie Collin und Amy, die aufmerksam zuhörten. Es schien ihr, dass Collin sich zwischendurch ein klein wenig vorbeugte, als wolle er sich um keinen Preis auch nur ein Wort der Predigt entgehen lassen. Hanna wurde es warm ums Herz. Vielleicht gab es einen guten Grund dafür, dass die beiden noch hier waren. Wenn sie aus Christmas Valley abreisten, würden sie vielleicht etwas mitnehmen, woran sie sich noch lange erinnerten. Vielleicht sogar etwas, das ihr ganzes Leben verändern konnte.

*In nur drei Tagen ist Heiligabend*, schoss es ihr durch den Kopf, als der Gottesdienst zu Ende ging und die Gemeinde sich zum Schlusschoral erhob. *Und es gibt noch so viel zu tun. War es den ganzen Aufwand wirklich wert?* Auch wenn sie sich Jahr für Jahr für ihre eigene Familie abrackerte – was sie hier tat, stand auf einem anderen Blatt. Wieso hatte sie sich bloß für diese wildfremden Leute so viel Arbeit aufgehalst? Und noch dazu für diesen Haufen launischer, streitsüchtiger Leute. Doch da waren sie wieder, Wortfetzen aus Charles' Predigt. *Vergesst nicht, Gastfreundschaft zu üben … haben wir, ohne es zu wissen, Engel bei uns aufgenommen.*

Ihr Blick wanderte von Neuem zu dem jungen Paar vor ihr. Collin Schuster hatte seinen Arm schützend um Amys Schulter gelegt. Da standen sie, schutzbedürftig und mittellos – kaum auszudenken, dass sie bald Eltern sein würden. Würden sie der großen Verantwortung gewachsen sein? Wie sollten sie das schaffen? Sie hatten doch selbst kaum ein Dach über dem Kopf.

Plötzlich traf es Hanna wie ein Blitz aus heiterem Himmel. Ihr Herz tat einen Sprung. Natürlich! Warum war es ihr nicht schon früher aufgefallen? Wie damals Maria und Josef! Auch für Collin und Amy war kein Platz in der Herberge gewesen. Was für eine erstaunliche Parallele. Und hier saß sie und dachte über Gastfreundschaft und Engel nach und … Weiter kam sie nicht, denn in dem Augenblick endete die letzte Strophe. Die Stimme ihres Mannes holte Hanna in die Gegenwart zurück. Charles kündigte etwas an:

»Im Anschluss an diesen Gottesdienst werden wir uns im Konferenzzimmer zu einer außerplanmäßigen Gemeinderatssitzung treffen«, richtete er das Wort an die Gemeinde. »Es wird hoffentlich nicht lange dauern.«

Dies musste die Sitzung sein, von der er gesprochen hatte. Wahrscheinlich würde er versuchen, die Gemeindeältesten davon zu überzeugen, dass das junge Paar finanzielle Hilfe brauchte. Sie spürte eine Welle der Zuneigung in sich aufsteigen und schenkte Charles ein strahlendes Lächeln. Er war ein guter Mann.

Von der Orgel begleitet, bewegten sich die Gottesdienstbesucher langsam Richtung Ausgang. Hanna erhob sich von der Kirchenbank.

»Sag mal, was ist denn bei euch los?«, wurde sie von Olive überfallen, noch bevor sie in den Mantel schlüpfen konnte.

Hanna zog die Brauen hoch. »Was meinst du?«

»Na, dieser Bus!«

»Ah, der Bus ...« Hanna rang sich ein Lächeln ab. »Ja, der ist sozusagen vorübergehend bei uns gestrandet. Aber ich denke, du wirst bei der Sitzung gleich mehr darüber hören.«

»Ich hoffe, dieses scheußliche Vehikel wird nicht mehr lange dort stehen. Es sind nur noch zwei Tage bis zum Krippenspiel! Bis dahin wird dieses Ungetüm hoffentlich verschwunden sein.«

Nun hatte Helen, die pensionierte Armeekrankenschwester, die beiden Frauen entdeckt und kam langsam auf sie zugehumpelt, wobei sie sich auf einen glänzenden schwarzen Stock stützte. Für den Bruchteil einer Sekunde durchzuckte Hanna der Gedanke, dass Helen hoffentlich nicht vorhatte, die Gemeinde wegen Fahrlässigkeit zu verklagen. Schließlich war es der nasse Küchenboden im Gemeindehaus gewesen, der sie zu Fall gebracht hatte. Das würde die Versicherungsprämie der Kirche kräftig nach oben treiben. »Meint ihr das scheußliche Ding da draußen vor Hannas Pension?«, fragte Helen. Hanna warf nervöse Blicke um sich, in der Hoffnung, dass Collin und Amy Schuster außer Hörweite waren. Erleichtert stellte sie fest, dass sie zu weit weg standen, um etwas zu verstehen. Doch sie sah auch, dass überhaupt niemand mit ihnen sprach. Wie fremd und verloren mussten sie sich vorkommen. Hanna wäre am liebsten hinter ihnen hergelaufen, doch von Olive und Helen eingekeilt hatte sie keine Chance, ihre Kirchenbank zu verlassen.

»Und außerdem«, wandte sich Helen an Hanna, »sagte Paul heute, dass Bürgermeister Drummel dich anrufen wollte. Er hat sich ziemlich ereifert über den Schandfleck in unserem Städtchen – besonders jetzt, zur Weihnachtszeit.«

»Oh ...« Hanna hatte nur mit halbem Ohr zugehört, denn ihre Augen folgten dem jungen Paar, das gerade die Kirche verließ. Kaum jemand nahm von den beiden Notiz. Alle gingen sie heim in ihre warmen, behaglichen Häuser, doch auf Amy und Collin Schuster wartete ein unbequemes Lager in einem bitterkalten Bus. Hanna spürte wieder den Impuls, hinter ihnen herzurufen und sie aufzuhalten. Doch was sollte sie sagen oder tun?

»Hanna Gordon, hörst du mir überhaupt zu?« Das war wieder Helen. »Der Bürgermeister will dich deswegen anrufen. Lässt dich das denn völlig kalt?«

Hanna sah, wie sich das Kirchenportal hinter Amy und Collin schloss. Betont auffällig sah sie auf ihre Armbanduhr. »Gleich beginnt die Versammlung. Wolltet ihr nicht hingehen?«

»Doch, natürlich«, entgegnete Olive knapp und ergriff Helen bei ihrem freien Arm. »Komm, lass uns gehen.«

Obwohl Hanna als Frau des Pastors das Recht hatte, bei den Sitzungen anwesend zu sein, machte sie nur selten davon Gebrauch. Meistens fand sie die Diskussionen nicht nur sterbenslangweilig, sondern auch ziemlich deprimierend. Sie hatte den Eindruck, dass einige Leute – vor allem diejenigen, die es sich zum Hobby gemacht hatten, in allen möglichen Ausschüssen und Gremien herumzusitzen – nur redeten, um den Klang ihrer eigenen Stimme zu hören, anstatt um Lösungen zu finden. Oft wurde stundenlang auf Belanglosigkeiten herumgeritten und dann die Sitzung vertagt, ohne dass es zu einer Einigung gekommen war. Dann gingen alle verstimmt nach Hause. Bis zur nächsten Versammlung redeten sie sich anschließend unter der Woche die Köpfe heiß oder gingen sich beleidigt aus dem Weg. Und beim nächsten Treffen waren meistens alle so zermürbt, dass sie sich auf irgendeinen Kompromiss einigten. Hanna hoffte, dass es bei der heutigen Versammlung anders sein würde. Schließlich ging es um zwei junge Menschen in Not.

Vielleicht wäre heute Abend ihre Meinung als Gegengewicht nötig, wenn Leute aus der Gemeinde wie Olive und Helen sich über die bloße Anwesenheit des Busses derart aufregten. Wenn sich die Stimmung hochschaukelte – wer weiß, wozu sie alles fähig waren. Vor ihrem geistigen Auge sah sie schon die Gemeindeältesten mit Fackeln bewaffnet über die Straße stürmen und mit Fäusten gegen den Bus trommeln, während Rufe wie: »Hippies raus!« immer lauter wurden. Rasch wischte sie das Schreckensszenario beiseite. Manchmal hatte sie wirklich eine zu rege Fantasie. Gleichzeitig war ihr bewusst, dass Charles mit seinem Vorschlag kaum offene Türen einrennen würde. Mit einer bangen Vorahnung betrat sie das Sitzungszimmer und nahm unauffällig in der Nähe der Tür Platz.

Hal Berry eröffnete in seinem gewohnt sachlichen Ton die Versammlung. »Wie Sie alle wissen, handelt es sich heute um eine außerplanmäßige Sitzung aufgrund einer besonderen Situation. Pastor Charles Gordon hat diese Versammlung einberufen und angesichts der Tatsache, dass Weihnachten vor der Tür steht, versprochen, es kurz zu machen, denn wir wollen Ihre Zeit nicht übermäßig in Anspruch nehmen.«

Danach stand Charles auf und begann: »Wahrscheinlich

haben Sie alle den Bus bemerkt, der gegenüber an der Straße steht ...«

Es erhob sich ein empörtes Gemurmel, was Hanna in dem Gedanken bestärkte, dass sie nicht umsonst gekommen war. Charles brachte sein Anliegen vor. Den abweisenden Gesichtern der Anwesenden konnte man entnehmen, dass er damit nicht gerade auf offene Ohren stieß.

»Warum sollten wir ihnen helfen?«, fragte Olive, nachdem Charles geendet hatte. »Ich meine, was haben *wir* mit diesen Leuten zu tun? Sie wohnen noch nicht einmal hier.«

»Das sehe ich auch so«, pflichtete Helen bei. »Wenn wir schon jemanden unterstützen, dann sollten wir vielleicht lieber in unserer eigenen Stadt anfangen. In Christmas Valley gibt es auch junge Familien, die nicht wissen, wie sie über die Runden kommen sollen. Sie sind nicht weniger bedürftig als dieses ... dieses *fahrende Volk*.«

»Ich wäre mir da nicht so sicher«, sagte Peter Simpson, der Jüngste im Gemeinderat. »Ich kenne jedenfalls niemanden in unserer Stadt, der in solchen Verhältnissen lebt.«

»Wer würde so leben wollen?«, entgegnete Olive. »Vielleicht nehmen sie sogar Drogen, man kennt das ja. So wie die beiden aussehen, würde mich das nicht wundern.«

»Vielleicht sollten wir den Fall ganz einfach unseren Kollegen von der Polizei überlassen«, schlug Hal vor. »Die wissen besser, wie man so etwas handhabt.«

Es folgten noch weitere Gesprächsbeiträge in dieser Richtung. Ein Ende der Diskussion oder gar eine positive Lösung war nicht abzusehen.

Wie es ihre Art war, hörte Hanna still zu. Doch irgendwann hielt sie es nicht mehr aus und fasste sich ein Herz. »Darf ich auch etwas dazu sagen?«

Das Stimmengewirr verstummte, aller Augen waren auf sie gerichtet.

»Ich weiß, ich bin kein offizielles Mitglied, doch heute Abend kann ich nicht nur schweigend zuhören.«

»Bitte, Hanna«, sagte Hal freundlich. »Lass hören, wie du die Sache siehst.« Charles lächelte ihr aufmunternd zu.

Als Hanna aufstand, verspürte sie ein leichtes Schwindelgefühl. Vor einem Publikum zu sprechen, selbst wenn es nur eine kleine Gruppe war wie diese, war nie ihre Stärke gewesen. Sie hoffte, ihre Stimme würde ihr nicht den Dienst versagen. »Ich verstehe Ihre Bedenken«, sagte sie befangen, »die Sie in Bezug auf unsere ... äh ... Besucher haben. Sicherlich ist ihre Art zu reisen, gelinde gesagt, etwas unkonventionell.« Erneut ging ein Raunen durch den Raum. »Doch heute Abend im Gottesdienst musste ich wieder daran denken, was Charles vorige Woche gesagt hat – über die Gastfreundschaft gegenüber Fremden. Und dass wir dabei manchmal, ohne es zu wissen, Engel bei uns aufnehmen – oder gar Jesus selbst.« Sie machte eine kurze Pause.

Als sie Charles' wohlwollenden Blick auffing, holte sie Luft und nahm den Faden wieder auf: »Und als ich dieses junge Paar sah, Amy und Collin Schuster, da wurde mir auf einmal klar, dass sie einem anderen Paar gar nicht so unähnlich sind – einem Paar, das vor mehr als 2.000 Jahren lebte. Auch Maria und Josef waren Fremde in der Stadt, auf der Suche nach einer Bleibe ... Und, na ja, da dachte ich, vielleicht hat Gott hier seine Hand im Spiel. Vielleicht hat er uns Amy und Collin Schuster gesandt, damit wir unsere Herzen öffnen und jemandem unsere Liebe und Gastfreundschaft zeigen. Vielleicht will der Herr selbst uns in diesen beiden jungen Menschen begegnen? Wir wissen es nicht. Vielleicht liege ich damit auch völlig falsch. Aber glauben Sie nicht, dass es im Sinne Gottes wäre, wenn wir uns für ihre Not öffnen und sie bei uns aufnehmen, als hätte sie der Himmel geschickt?«

Als Hannas Worte verklungen waren, war es für einige Momente still im Raum. So still, dass sie kaum zu atmen wagte.

Schließlich brach Olive das Schweigen. »Ich weiß nicht recht. Für mich sind die beiden ganz offensichtlich flippige junge Leute.«

»Das sind sie wahrlich«, blies Helen ins gleiche Horn. »Der Herr selbst?« Sie schüttelte den Kopf.

»Der Herr?«, echote Olive. »In so einem Bus?«

»Trotzdem …« Helen legte nachdenklich die Stirn in Falten. »Trotzdem glaube ich, ich verstehe, was Hanna sagen will.«

Allmählich begann sich die Stimmung im Saal zu verändern. Die feindselige Gereiztheit wich einer friedlicheren Atmosphäre, und zum Schluss kam der Gemeinderat überein, nicht nur die Reparaturkosten zu übernehmen, sondern auch für neue Winterreifen aufzukommen. Helen hatte sogar die Idee, für die werdende Mutter eine Babyparty zu organisieren. Dann würden ihr die Frauen, die zu Besuch kamen, viele Sachen für das Baby mitbringen.

»Aber sie werden doch bald abreisen«, wandte Olive ein. »Wenn der Bus wieder fahrtüchtig ist, gibt es keinen Grund mehr für sie zu bleiben.«

»Eben«, erwiderte Helen. »Dann sollten wir mit der Party nicht lange warten! Und ich wette, sie haben erst wenige oder gar keine Sachen für das Baby.« Sie sah Hanna fragend an. »Oder was meinst du?«

Hanna machte eine ratlose Handbewegung. »Ich weiß es nicht. Aber ich könnte sie fragen.«

»Dann tu das.« Helen war wild entschlossen. »Ruf mich gleich an, sobald du etwas weißt. Ich kümmere mich dann um alles Weitere.«

Leichten Herzens gingen Hanna und Charles nach der Versammlung nach Hause. »Es grenzt wirklich an ein Wunder«, sagte Hanna. »Noch nie war der Gemeinderat so großzügig, und noch nie wurde so schnell eine Einigung erzielt.«

Er drückte ihre Hand. »Das ist zum größten Teil dir zu verdanken. Nach deiner Rede konnte es sich keiner mehr leisten, dagegen zu sein.«

»Findest du, es war nicht zu merkwürdig, was ich gesagt habe?«, fragte Hanna, nachdem sie eine Weile geschwiegen hatten. »Ich meine, das von den Engeln oder von Jesus in menschlicher Gestalt? Liebe Güte, ich möchte nicht, dass nun alle denken, ich hätte nicht mehr alle Tassen im Schrank.«

»Nein, im Gegenteil, was du gesagt hast, klang durchaus vernünftig – und es bewies, dass Nächstenliebe und Barmherzigkeit für dich keine leeren Worte sind.«

Der Schnee fiel nun in dicken weißen Flocken. Vor dem Haus blieb Hanna einen Moment stehen und sah zu dem bunt bemalten Bus hinüber. *Ja, das sähe Gott ähnlich*, dachte sie. *Dass er in einem klapprigen alten Fahrzeug daherkommt, unerwartet und unbequem. Ganz anders, als wir Menschen uns das vorstellen. So wie damals, als Jesus in einem armseligen Stall zur Welt kam.* Als sie später ins Bett sank, verspürte sie einen tiefen, tröstlichen Frieden und das Gefühl, das Richtige getan zu haben.

* * *

Am nächsten Morgen, als Hanna ein Blech Zimtschnecken in den Ofen schob und die Kaffeemaschine zum ersten Mal durchlief, klingelte das Telefon. »Pension ›Zum Guten Hirten‹«, meldete sie sich gut gelaunt.

»Hanna Gordon?«, fragte eine männliche Stimme.

»Ja?«

»Hier spricht Bürgermeister Drummel. Entschuldigen Sie die frühe Störung, aber ich bin heute den ganzen Tag nicht im Büro und wollte Sie gern in einer dringenden Angelegenheit sprechen.« Er räusperte sich. »Es sind Beschwerden eingegangen aufgrund des auffälligen Fahrzeugs vor Ihrem Haus.«

»So?« Hanna wusste nicht, was sie sonst antworten sollte.

»Also, ich möchte Sie bitten, dafür zu sorgen, dass dieses Fahrzeug sobald wie möglich verschwindet. Das Parken von Wohnmobilen in der Stadt ist ordnungswidrig, und mir wäre es lieb, wenn dieser Bus noch heute Vormittag Richtung Ortsausgang rollen würde.«

»Das wird wahrscheinlich nicht möglich sein, Mr Drummel. Ich befürchte, dieser Bus wird so schnell nirgendwohin rollen, denn er hat einen Motorschaden. Die Gemeinde hat ihre Unterstützung zugesagt, den Schaden zu beheben, aber ich bezweifle sehr, dass der Bus heute Vormittag schon fahrtüchtig sein wird.«

»Nun, ich hoffe nicht, dass diese Leute die Straße als Dauerparkplatz betrachten.«

»Das werden sie nicht. Ich bin sicher, sie werden sobald wie möglich weiterfahren.«

»Das wäre wünschenswert. Es macht doch keinen guten Eindruck, Mrs Gordon. Ich meine, wenn diese Rostlaube noch lange dort herumsteht. Wir waren bisher immer eine saubere, ordentliche Stadt. Da ist ein verwahrloster Hippie-Bus kein gutes Aushängeschild – gerade jetzt in der Weihnachtszeit. Sie als Inhaberin einer so schmucken, kleinen Pension sollten das verstehen. Und Ihr Mann ebenso – als Pastor der einzigen Kirche der Stadt. Da wirft dieser Bus vor Ihrem Haus auch kein gutes Licht auf Sie beide. Im Übrigen sind wir natürlich bereit, das Fahrzeug, wenn nötig, abschleppen zu lassen.«

Der Bürgermeister ahnte nicht, dass er damit Hanna auf dem richtigen Fuß erwischt hatte. »Ich verstehe Ihre Bedenken durchaus«, begann sie diplomatisch, »doch Sie sollten nicht vergessen, dass es sich hier um *echte* Menschen handelt, die sich in einer *echten* Notlage befinden. Die kann man nicht einfach wie Problemmüll entsorgen – dazu noch in der Weihnachtszeit! Wenn Christmas Valley eine Stadt sein will, die den Begriff ›Weihnachten‹ zu Recht in ihrem Namen trägt, dann sollte es für uns als Bürger selbstverständlich sein, christliche Nächstenliebe zu üben und Notleidenden unsere Hilfe anzubieten.«

Darauf wusste der Bürgermeister erst einmal nichts zu erwidern; es blieb stumm am anderen Ende der Leitung.

»Wir werden tun, was wir können, damit der Bus sobald wie möglich weiterfahren kann«, schloss Hanna mit fester Stimme. »Ich kann bloß nicht sagen, wann das sein wird.«

»Aber denken Sie doch einmal an das Krippenspiel morgen Abend!«

»Was soll damit sein? Ein parkender Bus wird dem Krippenspiel kaum in die Quere kommen.«

»Aber Mrs Gordon, wie das aussieht! Dieser Bus ist wirklich keine Schönheit.«

Sie ließ ihren Blick nach draußen schweifen, wo das grell bemalte Fahrzeug aus dem Schnee leuchtete wie eine riesige bunte Weihnachtskugel. »Schönheit liegt im Auge des Betrachters«, sagte sie sinnend.

»Wie bitte?«

»Ich meine damit: Schön ist, was gefällt. Wir sind eine Stadt, die gern Weihnachten feiert, und dieses Jahr haben wir sogar einen Weihnachtsbus! Sollten wir uns da nicht glücklich schätzen? Ich finde ihn übrigens wunderschön.«

»Oh.«

Damit wünschte Hanna dem Bürgermeister einen guten Tag, zog den Mantel über und schlüpfte nach draußen. Sie musste nachsehen, wie es Amy und Collin Schuster ging. In der Nacht hatte es noch mehr geschneit, und sie sank bis zu den Waden im Schnee ein. Diesmal war es Amy, die an der Tür erschien. Sie war bereits angezogen, und es sah so aus, als ob die beiden schon eine Weile wach wären. Collin saß auf dem Fahrersitz und beugte sich mit düsterer Miene über eine abgegriffene Landkarte.

»Verzeihen Sie bitte die Störung«, sagte Hanna leicht befangen.

»Sie stören überhaupt nicht.« Amy hielt lächelnd die Tür auf. »Wollen Sie nicht reinkommen?«

Hanna zögerte einen Moment, dann sagte sie rasch: »Ja, gern. Das ist nett.«

Im Inneren des Fahrzeugs stapelten sich Kisten, Reisetaschen und Kartons – und, wie Hannas Nase ihr verriet, auch etliche Tüten mit schmutziger Wäsche. Amy räumte rasch eine umgedrehte Holzkiste frei und bedeutete Hanna, sich zu setzen. »Nicht gerade sehr komfortabel«, entschuldigte sie sich. »Aber besser als gar nichts.«

Hanna nickte. Ihr Blick streifte eine am Boden liegende Matratze mit Bettzeug und Decken. »Gemütlich haben Sie's hier.«

»Das können Sie laut sagen«, lachte Amy. »Und je dicker mein Bauch wird, desto gemütlicher scheint es.« Halblaut fügte sie hinzu: »Ich kann es kaum abwarten, hier rauszukommen. Wenn Collin erst einen Job hat, werden wir uns eine Wohnung suchen. Im Vergleich hierzu ist selbst eine Ein-Zimmer-Wohnung eine Luxusherberge.«

Hanna räusperte sich. »Ich dachte gerade an das Baby. Und ich, das heißt wir als Gemeinde haben uns gefragt, ob Sie vielleicht noch irgendetwas an Babysachen brauchen können.«

Amy hob die Schultern. »Na ja, ein paar Sachen haben wir schon. Ein paar Strampelanzüge und einen Babyschlafsack habe ich mir daheim noch von der Heilsarmee geholt, bevor wir losfuhren. Und Collin hat schon mal eine Packung Pampers gekauft ... Die kleinste Größe, für Neugeborene eben. Hier ...« Sie wühlte in den Tüten herum. »Hier müssten sie irgendwo sein.«

Hanna nickte. »Das ist für den Anfang schon ganz gut. Doch wissen Sie, einige Frauen gestern in der Kirche hatten da eine Idee ... Sie würden nämlich gern für Sie eine Party für das Baby organisieren.«

»Eine Party!« Amys Augen strahlten. »Mensch, eine echte Baby-Party! So etwas habe ich mir immer gewünscht, aber zu Hause haben die das nicht auf die Reihe gekriegt. Ich komme aus, na ja, ziemlich zerrütteten Familienverhältnissen, und Collins Familie ist im ganzen Land verstreut.«

Hanna spürte Collins Blick und fragte sich, was er wohl denken mochte. Es schien ihr angebracht, ihn ins Gespräch mit einzubeziehen. »Und das ist nicht alles, Collin Schuster. Unsere Gemeinde möchte Sie bei der Reparatur des Busses unterstützen – und auch beim Kauf von neuen Reifen.«

»Echt?« Er blickte skeptisch.

»Echt.« Hanna lächelte ihm aufmunternd zu. »Das wurde gestern Abend im Gemeinderat einstimmig beschlossen.«

»Wow.« Collin sah zu Amy hinüber. »Du hast doch recht gehabt.«

»Womit recht gehabt?«, fragte Hanna.

»Also, Amy war so überzeugt, dass Sie und die anderen Kirchenleute … Na ja, dass Sie gute Menschen sind. Doch nach der Kirche gestern war ich mir nicht mehr so sicher.«

Hanna nickte stirnrunzelnd. »Ja, manche Leute in der Gemeinde sind etwas steif und altmodisch und Fremden gegenüber nicht sehr aufgeschlossen, doch im Grunde haben sie das Herz auf dem rechten Fleck.«

»Das habe ich Collin auch gesagt«, bekräftigte Amy. »Ich sagte, wir können diese Leute nicht nach ihrem Äußeren beurteilen. Und die dachten wahrscheinlich dasselbe von uns, als sie uns gesehen haben, mit unserem kaputten Bus und so.«

Erneut musste Hanna lächeln. »Ja, da mögen Sie recht haben. Zugegeben, ich bin auch neugierig, wie Sie zu diesem nicht alltäglichen Bus gekommen sind. So etwas kriegt man nicht oft zu sehen, zumindest nicht in Christmas Valley.«

»Der Bus gehörte meinem Vater«, sagte Amy und ihre Stimme klang auf einmal seltsam ausdruckslos. »Und als er ihn nicht mehr brauchte, haben wir ihn übernommen. Das ist alles.«

Hanna merkte, dass das Thema damit für Amy beendet war. Beinahe verschämt senkte sie den Blick. Sie hatte Amy nicht ausfragen wollen. Hanna ließ ihre Augen noch einmal über das Chaos wandern, das sie umgab, und sagte dann: »Bitte kommen Sie doch zum Frühstücken zu uns rüber, wann immer Sie wollen. Sie können auch gern unsere Waschmaschine benutzen.«

»Das wäre super.« Amy schaute sie dankbar an. »Ich habe überhaupt keine saubere Unterwäsche mehr.« Und lachend ergänzte sie: »Ich trage schon Collins Unterhosen – und das Komische ist, sie passen sogar.«

Hanna wusste nicht recht, was sie darauf antworten sollte, und erhob sich mit der Bemerkung, sie müsse nun aber wirklich gehen, bevor ihre Zimtschnecken im Ofen verbrannten.

## *10. In Rosa und Hellblau*

Um zehn Uhr, nachdem alle Gäste gefrühstückt hatten, griff Hanna zum Telefonhörer und teilte Helen mit, dass Amy Schuster sich über eine Baby-Party freuen würde.

»Anscheinend haben sie wirklich noch nicht viel für das Baby«, sagte sie. »Und da Amy bei ihrem Leben im Bus nicht so oft waschen kann, sind ein paar Strampelanzüge mehr sicher nicht verkehrt.«

»Ich freue mich schon auf die Party«, sagte Helen. »Ich habe sogar noch Partygeschirr und Dekomaterial, das ich damals gekauft hatte, als Angie ihr Baby bekam – und dann kam mir ihre Schwägerin mit der Party zuvor.«

»Aber Helen, das ist über zwanzig Jahre her!«

»Ich weiß, ich weiß. Aber die Sachen sind so süß, dass ich

mich einfach nicht davon trennen konnte. Und nun weiß ich auch, dass ich sie nicht umsonst aufgehoben habe. Morgen werden sie endlich zum Einsatz kommen.«

»Morgen? Ist das nicht ein bisschen kurzfristig?«

»Na und? Ich sage immer: Wer kommen will, der kommt. Die Party wird auf jeden Fall stattfinden, dafür werde ich sorgen.«

Das war wieder ganz die Armeekrankenschwester. Hanna wusste: Wenn Helen etwas beschlossen hatte, war Widerspruch zwecklos.

»Passt es dir um zehn?«, fragte Helen nun.

»Ja, das müsste klappen.«

»Prima. Ich komme dann um halb neun zum Dekorieren, Tische aufbauen und so weiter.«

»Du kommst *wohin*?« Hanna ahnte, worauf Helen hinauswollte, und fühlte sich leicht überfahren.

»Na, zu dir natürlich. Du hast doch nicht etwa gedacht, bei mir? Bei uns zu Hause kann ich unmöglich so viele Leute bewirten. Du hast doch in deiner Pension viel mehr Platz.«

Hanna schwieg. »Ach, und außerdem«, fuhr Helen fort, »könntest du, wenn du Zeit hast, vielleicht etwas Leckeres backen? Du machst doch immer die besten Kuchen.«

Was sollte sie da noch sagen?

»Und es wäre sicherlich einfacher, wenn du auch gleich die Bowle machen könntest. Vielleicht in Rosa, denn die Dekorationen sind rosa und hellblau.«

»Kuchen und rosa Bowle«, sagte Hanna matt. »Sonst noch etwas?«

»Also, wenn du zufällig noch etwas von diesen leckeren Nüssen und Pfefferminzbonbons übrig hast …?«

»Habe ich nicht, aber ich kann welche besorgen.«

»Wunderbar, danke. Ich glaube, das war dann alles.«

»Was schätzt du denn, wie viele Personen kommen werden?«, fragte Hanna zaghaft.

»Hhm …« Vor ihrem inneren Auge sah sie, wie Helen an ihren Fingern abzählte. »Ich würde sagen, mindestens zwanzig.«

»Zwanzig Personen?« Es gelang Hanna nicht ganz, ihre Bestürzung zu verbergen. »So viele, so kurzfristig? Und das zwei Tage vor Weihnachten?«

»Nun ja, vielleicht werden es sogar dreißig.«

Hanna wunderte gar nichts mehr. »Gut, ich werde für eine reichhaltige Bewirtung sorgen. Für die Reste habe ich ja während der Feiertage noch genug Verwendung.«

»Da bin ich mir sicher.«

Gut gelaunt verabschiedete sich Helen und wünschte ihr noch einen schönen Tag. Hanna legte den Hörer auf und stützte den Kopf in die Hände.

* * *

»Ist etwas passiert?« Charles kam herein, um sich eine Tasse Kaffee zu holen.

»Ach, nichts Besonderes. Ich habe nur soeben erfahren, dass ich Gastgeberin für die morgige Party bin.«

»Ich dachte, Helen wollte sich um alles kümmern.«

»Das tut sie auch, auf ihre Weise. Sie hat die Essens- und Getränkebeschaffung delegiert und einen geeigneten Veranstaltungsort gefunden – unser Haus.«

Charles legte ihr den Arm um die Schultern. »Du Ärmste, nach Weihnachten bist du reif für die Insel.«

Sie lächelte tapfer. »Eigentlich sollte ich dankbar sein. Und ich freue mich ja auch ehrlich für Amy Schuster. Außerdem hat Helen den schwierigsten Part.«

»Welchen denn?«

Wider Willen musste Hanna lachen. »Gäste zusammenzutrommeln für die Party einer Unbekannten, die nicht hier wohnt und deren grell bemalter Bus allen ein Dorn im Auge ist.« Sie erzählte ihm von dem Telefongespräch mit Bürgermeister Drummel.

»Mach dir keine Sorgen, Liebes, ich werde mit ihm reden. Außerdem wollte ich Collin Schuster fragen, ob er mit mir kommt, um Ersatzteile zu kaufen. Ich bin nicht sicher, ob es in der Stadt überhaupt welche gibt.«

»Er schaufelt gerade Schnee draußen vor dem Haus.«

»Lieb von ihm. Hast du ihn gefragt, oder hat er sich angeboten?«

»Weder noch. Er sah die Schaufel stehen und fing einfach an.«

»Glaubst du, er kann Amy allein hierlassen, in ihrem Zustand?«, fragte Charles mit sorgenvoller Miene. »Ich meine, sie könnte ja plötzlich Wehen bekommen oder sonst irgendwie Hilfe brauchen.«

»Du klingst ja fast selbst wie ein werdender Vater!«, bemerkte Hanna amüsiert.

»Nun, ich dachte nur … Die beiden scheinen so hilflos.«

»Ich weiß. Aber du kannst beruhigt sein, Amy ist unten in der Waschküche. Ich habe gesagt, sie kann gern unsere Maschine benutzen. Und ich bin ja die ganze Zeit da. Falls die Wehen einsetzen, kann ich immer noch Helen anrufen.«

Er nickte. »Na, dann ist sie ja in guten Händen.« Damit nahm er seinen warmen Mantel vom Haken und ging durch die Hintertür nach draußen. Hanna sah, wie er mit Collin sprach, der schon fast den ganzen Bürgersteig freigeschaufelt hatte.

»Hanna?« Aus dem Flur hörte sie eine bekannte Stimme. »Hanna, wo sind Sie denn?«

»Ich bin hier, Myrtle!«

»Hanna, ich bin beinahe verunglückt!«

»Was ist denn passiert?«

»Bei einer Treppenstufe ist ein Brett lose. Ich hätte mir den Hals brechen können!«

Hanna legte der alten Frau beruhigend die Hand auf den fleischigen Unterarm. »Sind Sie gestürzt?«, fragte sie besorgt.

Myrtle warf ihr einen ärgerlichen Blick zu. »Nein, noch nicht. Aber es war ein ganz schöner Schreck.«

»Das tut mir sehr leid. Wissen Sie noch, welche Stufe es war?«

Hanna war sicher, dass die Treppe heute Morgen noch in Ordnung gewesen war. Zumindest hatte sie nichts bemerkt. Sollte Myrtles Gewicht dazu beigetragen haben, das Brett zu lockern?

»Die zweite von oben.«

Als Hanna aus dem Fenster sah, erhaschte sie noch einen flüchtigen Blick von Charles, wie er mit Collin davonfuhr. »Auch das noch«, entfuhr es ihr. »Da muss ich es eben allein versuchen, die Stufe zu reparieren.«

Myrtle schüttelte den Kopf. »Das werden Sie kaum schaffen. Sie werden einen Handwerker holen müssen.«

Genau das hatte Hanna befürchtet. Normalerweise versuchten sie und Charles, so viel wie möglich selbst zu machen, um ihre Finanzen zu schonen. Aber wenn wirklich eine Treppenstufe defekt war, konnte sie das Risiko nicht eingehen, dass am Ende noch einer ihrer Gäste zu Fall kam. »Ich werde mich darum kümmern«, versprach sie. »Jetzt sollte nach Möglichkeit niemand die Treppe benutzen, bis der Schaden behoben ist.«

In dem Augenblick kamen Leslie und Julia herunter. »Haben Sie bemerkt, dass eine Stufe nachgibt?«, fragte Hanna.

»Ja, diese hier«, antwortete Leslie. »Es muss gerade erst passiert sein. Sie war vorher nicht so wackelig.«

»Ich rufe sofort einen Handwerker an.« Hanna ging zum Telefon und wählte Peter Simpsons Nummer. Auf Peter war immer Verlass, wenn kleinere oder größere Reparaturen anstanden. Sie hatte Glück. Peter war zu Hause und versprach, gleich vorbeizukommen. Erleichtert legte Hanna auf.

»Und was haben Sie heute noch vor?«, fragte sie, an Leslie

und Julia gewandt. Sie mochte Leslie in ihrer freundlichen, bescheidenen Art, und die kleine Julia war der Sonnenschein des Hauses. Hanna bedauerte, dass sie sich bisher keine Zeit genommen hatte, um sie näher kennenzulernen.

»Nichts Bestimmtes«, erwiderte Leslie. Julia zuckte die Achseln. »Wir waren schon in der Stadt und haben den Weihnachtsmann gesehen … Und es ist so kalt draußen.«

»Ich habe da eine Idee.« Hanna beugte sich hinunter, sodass sie auf der Höhe von Julias großen blauen Kinderaugen war. »Magst du mir beim Plätzchenverzieren helfen?«

»Mit Zuckerguss und so?« Julias Augen leuchteten auf.

Hanna nickte. »Ja, auch mit Zuckerguss.«

»Darf ich, Mami?«

Leslie warf Hanna einen Blick zu. »Ich weiß nicht recht … Ich meine, Julia hat nicht so viel Übung darin …«

»Das macht nichts. Ich bin sicher, wenn wir mit den Plätzchen fertig sind, ist Julia ein Profi im Plätzchenverzieren. In der Tiefkühltruhe sind ungefähr acht Dutzend Butterplätzchen, die darauf warten, verschönert zu werden.« Hanna zwinkerte Julia zu. »Du brauchst natürlich nicht alle zu machen.«

Leslie lächelte dankbar. »Wenn Sie wollen, kann ich auch helfen. Ich bin gern ein bisschen kreativ.«

»Danke, das wäre wirklich eine riesengroße Hilfe. Morgen findet nämlich in unserem Haus eine spontane Baby-Party statt und ich wollte Sie beide und auch die anderen weiblichen Gäste dazu herzlich einladen.«

»Eine Baby-Party?« Julia klatschte aufgeregt in die Hände und tanzte um den Tisch herum. »Ich wollte schon immer zu einer Baby-Party! Können wir hingehen, ja? Bitte, Mami, bitte!«

Leslie lächelte. »Warum nicht?« Sie sah Hanna fragend an. »Dann müssen wir ja noch etwas für das Baby kaufen. Gibt es ein Geschäft in der Stadt, in dem man Babysachen bekommt? Und haben Sie einen Tipp, was wir schenken könnten?«

Hanna erzählte, für wen die Party war, dass es bei »Rudolph's Five and Dime« eine kleine Auswahl an Babysachen gab und dass Amy wahrscheinlich alles gebrauchen könnte.

»Und Sie, Myrtle? Kommen Sie auch?«, fragte sie dann.

»Ich weiß nicht. Es gibt noch so viel zu tun für das Krippenspiel. Und außerdem ...« – ihre Miene verfinsterte sich – »außerdem mag ich solche Partys nicht besonders.«

Julia schaute sie ungläubig an. »Du magst keine Baby-Partys? Warum nicht?«

»Zu viele Frauen auf einem Haufen, das ganze Geschnatter und Gekicher geht mir auf die Nerven.«

Hanna bemühte sich, ihre Erleichterung zu verbergen. »Sie brauchen sich nicht verpflichtet zu fühlen, Myrtle. Ich habe vollstes Verständnis.«

»Trotzdem kann ich etwas für das Baby besorgen.« Die alte Dame schüttelte missbilligend den Kopf. »Das arme Ding.«

»Wie wäre es, wenn Julia und ich jetzt rasch in die Stadt fahren und schauen, ob wir ein kleines Geschenk finden?« Leslies Stimme klang freudig erregt. »Dann sind wir rechtzeitig zum Plätzchenverzieren wieder da.«

»Das klingt gut.«

Hanna brachte ein kleines Warnschild an der Treppe an und ging dann in die Küche, um das Gebäck aus der Gefriertruhe zu nehmen. Sie breitete eine große Wachstuchdecke auf dem Esstisch aus und stellte Zuckerguss, Zuckerperlen und alle möglichen bunten Verzierungen bereit. Man konnte nie wissen, ob sich vielleicht noch weitere freiwillige Helfer einfinden würden. Diese Methode hatte sich jedenfalls bei ihren Kindern immer bewährt. Das Ergebnis waren lauter fantasievoll verzierte Plätzchen, die im Laufe des Tages entstanden. Hätte man sie abends durchgezählt, hätte man allerdings festgestellt, dass davon so manches auf mysteriöse Weise verschwunden war ...

Als sie mit ihren Vorbereitungen fertig war, schaltete Hanna den Computer ein. In ihrem letzten Kurs hatte sie gelernt, wie man Grußkarten und Einladungen erstellen und ausdrucken konnte. Sie suchte eine Baby-Grafik aus und tippte einen schlichten Text dazu. Die fertigen, gefalteten Einladungen schob sie unter den Zimmertüren aller weiblichen Gäste durch. Eigentlich überflüssig, dachte sie, da sie ja über die Hälfte der weiblichen Gäste bereits mündlich eingeladen hatte. Aber es gab dem Ganzen einen offiziellen, festlichen Anstrich, und sie machte sich die Mühe gern.

Als sie in die Küche zurückging, tauchte Amy aus dem Keller auf.

»Warten Sie, ich helfe Ihnen«, bot Hanna an, als sie sah, wie die Hochschwangere den vollen Wäschekorb trug.

»Danke, es geht schon«, erwiderte Amy. »Aber vielleicht könnten Sie mir die Türen aufhalten.«

Hanna ging voraus, über die Straße zum Bus, was leichter war als beim letzten Mal, da Collin den Weg freigeschaufelt hatte.

»Ach so«, fiel es ihr plötzlich ein, »Ihr Mann ist mit meinem Mann in die Stadt gefahren, um Ersatzteile für den Motor zu kaufen. Ich hätte es Ihnen vorher sagen sollen.«

»Ist schon in Ordnung.« Amy lächelte breit. »Sie und Ihr Mann sind einfach super. Und danke, dass ich die Waschmaschine benutzen durfte. Eine tolle Waschküche haben Sie, mit so viel Platz!« Stolz hielt sie ihren Korb in die Höhe. »Da konnte ich zur Abwechslung unsere Wäsche mal richtig ordentlich zusammenlegen. Collin wird Augen machen!«

»Das freut mich.«

»Eine Ladung ist noch im Trockner, aber ich hatte plötzlich solche Rückenschmerzen, dass ich …«

»Schon gut. Gehen Sie erst einmal rein und legen Sie sich ein bisschen hin. Sie müssen jetzt Ihre Kräfte schonen. Und bekommen Sie keine vorzeitigen Wehen – morgen Vormittag ist die Party.«

Amy strahlte über das ganze Gesicht. »Das ist so total cool!«, rief sie.

Hanna erwiderte ihr Lächeln. »Also, ich muss wieder ins Haus.« Diesmal wollte sie durch den Vordereingang gehen, um sich zu vergewissern, dass die Treppe frei von Schnee und Eis war. Ihr Herz tat einen kleinen Sprung, so sehr freute sie sich für Amy. Es war wirklich *so total cool!*

Doch kaum hatte sie die Stufen erreicht, als sie laute Stimmen hörte, die von der Kirche herüberschallten. Es klang nach zwei streitenden Frauen. Hanna drehte sich um und sah Myrtle und Olive vor dem Seiteneingang stehen. Sie standen sich gegenüber wie zwei Preisboxer und lieferten sich ein heftiges Wortgefecht. Hanna blieb stehen und beobachtete das aus der Ferne. Doch als die Lautstärke immer mehr zunahm, beschloss sie, sich einzumischen, bevor die Situation völlig eskalierte.

»Das kommt überhaupt nicht infrage!«, hörte sie Olive schreien. »Eine Herde stinkender Tiere in unserer Kirche? Nur über meine Leiche!«

»Ach ja?«, spottete Myrtle. »Sie glauben wohl, alles hört nur auf Ihr Kommando?«

»Hanna!« Jetzt hatte Olive sie erblickt und warf ihr einen Hilfe suchenden Blick zu. »Diese Frau treibt mich noch zum Wahnsinn – du musst mir helfen!«

»Was ist denn los?«, fragte Hanna.

»Diese Frau ...« – Olive machte eine dramatische Geste – »will Scharen von blökenden, stinkenden Tieren in unsere Kirche treiben! Das Haus Gottes als Hühner- oder Schweinestall und ...«

»Von Schweinen habe ich nie etwas gesagt«, fiel Myrtle ihr ins Wort. »Ich dachte nur, das Krippenspiel würde lebendiger und realistischer, wenn echte Tiere dabei sind. Und heute Morgen habe ich mit einem Mann telefoniert, der ...«

»Ich lasse nicht zu, dass aus unserer Kirche ein Zoo wird!«

Olives Gesicht war rot vor Zorn. »Und je eher Sie das in Ihrem Dickschädel kapieren, desto besser!«

»Wie kommen Sie darauf, dass *Sie* alles zu bestimmen hätten!« Myrtle baute sich breitbeinig vor ihr auf, die Hände in die Hüften gestemmt.

»Weil *ich* die Verantwortung für das Krippenspiel trage.«

»Und das gibt Ihnen das Recht, jede kreative Idee im Keim zu ersticken?«

Olive wandte sich verzweifelt an Hanna. »Bitte, sprich du ein Machtwort! Oder sollen wir Charles holen? Das Ganze ist ja eigentlich auch deine Schuld – schließlich ist Myrtle euer Gast, und du hast nicht verhindert, dass sie mir ihre Hilfe aufdrängt.«

»Sie hat dir also geholfen?« Hanna merkte, dass sie nicht sehr überzeugend klang.

»Geholfen?« Olives Stimme war kurz davor, sich zu überschlagen. »Bei einer solchen Hilfe kann ich mir genauso gut die Kugel geben!«

»Bitte, Olive, beruhige dich doch.« Hanna rang innerlich die Hände. »Es muss doch eine Lösung geben.«

»Die gibt es bereits. Und sie heißt: *Keine* Tiere in der Kirche! Mach ihr bitte klar, dass sie sich das aus dem Kopf schlagen kann!«

Damit drehte sich Olive abrupt um und verschwand durch den Seiteneingang in der Kirche. Die Tür fiel geräuschvoll ins Schloss.

»Sind die Kinder schon da?«, fragte Hanna besorgt.

»Nein«, antwortete Myrtle betreten, nun mit etwas ruhigerer Stimme. »Sie kommen erst in etwa zwanzig Minuten.« Sie sah Hanna an. »Was glauben Sie, wie die Kinder sich freuen würden, wenn wir hier echte Tiere hätten! Die weiche Nase eines Esels streicheln, die dicke Wolle eines Schafs fühlen – das wäre doch ein unvergessliches Erlebnis.«

»Nun«, musste Hanna eingestehen, »da haben Sie nicht ganz Unrecht. Kinder lieben Tiere.«

In Myrtles kleinen Augen blitzte es, als wittere sie Morgenluft. »Und wenn sogar das Jesuskind in der Krippe von Tieren umgeben war, dann ist doch gegen Tiere in einem Kirchengebäude nichts einzuwenden, oder?«

»Na ja ... eigentlich nicht. Aber Olive ... Ihr würde es vollkommen gegen den Strich gehen, und sie ist nun einmal die Hauptverantwortliche für das Krippenspiel. Sie, Myrtle, sollten ihr dabei lediglich zur Hand gehen.« Hanna spürte, wie sich ihre Finger ineinander verkrampften. Sie konnte sich nicht erinnern, wann sie das letzte Mal so angespannt gewesen war. »Ich bitte Sie, Myrtle, seien Sie vernünftig und versuchen Sie, Olive zu verstehen und sich mit ihr zu einigen – um der Kinder willen.«

Myrtle nickte. »Natürlich. Es geht in erster Linie um die Kinder, denn sie sind schließlich die Hauptpersonen. Und ich wäre die Letzte, die ihnen das Krippenspiel verderben würde.«

»Sehen Sie.« Vielleicht gab es doch noch einen Funken Hoffnung in dieser verfahrenen Situation.

»Im Gegenteil, ich möchte, dass es für die Kinder eine schöne Erfahrung wird – und ein unvergessliches Erlebnis. Etwas, woran sie sich immer erinnern werden.«

»Ja, das wäre schön.« Was auch immer das heißen mochte. Hanna warf einen nervösen Blick zu ihrem Haus hinüber und sah einen Kleinlaster in der Einfahrt parken. »Mein Handwerker ist da. Ich muss nach Hause!«

## 11. *Butterplätzchen*

Peter hatte die defekte Treppenstufe im Nu repariert und machte sich auf die Suche nach Hanna.

»Fertig«, verkündete er, »alles paletti.«

Hanna rührte in der Küche den Teig für Amys Torte. Es sollte eine leichte Zitronentorte werden, mit einer Schicht Frischkäse. Nichts Besonderes, aber auf die Schnelle, fand sie, konnte man nicht mehr verlangen. Natürlich durfte sie auch die rosa-hellblaue Dekoration nicht vergessen.

»Das ging aber schnell!«, rief sie und bemühte sich, dabei den Mixer zu übertönen. Sie schaltete ihn aus und ging zu ihrem kleinen Schreibtisch. »Was bin ich dir schuldig?«

Peter ließ seine Augen durch die Küche wandern und schnupperte. »Hhm, sind das Zimtschnecken?«

»Möchtest du eine?«

»Gern«, erwiderte er. »Ist noch Kaffee da?«

»Ich mach' dir einen«, sagte sie. »Setz dich doch.«

»Ich kann's nicht glauben, dass niemand von deinen Kindern über die Feiertage nach Hause kommt«, begann er. »Wenn ich so ein Zuhause hätte, ich würde alles tun, um bei meiner Familie zu sein, so oft es geht.«

Hanna stellte einen Teller mit Zimtschnecken auf den Tisch. »Wie geht es eigentlich deinen Eltern in Arizona?«

»Ich glaub, gut. Trotzdem verstehe ich sie nicht.«

»Deine Mutter hat die kalten Winter hier immer schlechter vertragen. Und dann kam die Bypass-Operation deines Vaters. Für sie war es sicher die richtige Entscheidung, Peter.«

Sie füllte die Kaffeemaschine mit Wasser.

»Ja, vielleicht war es das Beste für sie. Trotzdem – wenn *ich* einmal alt bin … Ich werde niemals von hier wegziehen. Christmas Valley ist meine Heimat.«

Hanna lächelte. Vor ihrem inneren Auge sah sie Peter, alt und grau, wie er noch immer als freischaffender Handwerker und Künstler durch den Ort tingelte. »Aber das Leben ist nicht immer einfach hier, das musst du zugeben.«

»Der einfachste Weg ist nicht immer der beste.«

Hanna schaltete die Kaffeemaschine ein und räumte den Mixer weg. »Es wäre schön, wenn wir immer wüssten, was das Beste für uns ist. Übrigens – wann gehst du endlich wieder einmal mit einem hübschen Mädchen aus, junger Mann?«

Peter stöhnte entnervt. »Hanna, du klingst schon genau wie meine Mutter.«

»Es ist so schade um die Jahre, Peter. Nur weil deine erste Frau nicht zu schätzen wusste, was sie an dir hatte, solltest du nicht die Hoffnung aufgeben, dass es irgendwo auf dieser Welt eine Frau gibt, die zu dir passt.«

»Leider ist die Auswahl an passenden, unverheirateten Frauen in unserer Gegend ziemlich dürftig, wie du weißt.«

Hanna musste ihm recht geben. Vor einigen Jahren hatte sie sogar versucht, Peter mit ihrer Tochter Krista zu verkuppeln, ein fruchtloses Unterfangen, wie sich herausstellte. »Mama, das ist, als ob ich mit meinem eigenen Bruder ausgehen würde«, war Kristas einziger Kommentar.

»Es gibt schon noch ein paar alleinstehende Frauen in Christmas Valley«, warf sie ein und ging im Geiste die Frauen durch, die sie kannte, »vielleicht hast du einfach noch nicht die richtige getroffen.«

»Du sagst es.«

»Was hältst du von diesen Internetpartnervermittlungen? Ich kriege dauernd unaufgefordert solche Mails und Anzeigen – und dabei habe ich wirklich keinerlei Bedarf.«

Peter lachte auf, wurde jedoch sogleich wieder ernst. »Nein, ich glaube, das wäre nichts für mich. Ich bin nicht der Kontaktanzeigentyp.«

Sie zog die Kanne unter der noch laufenden Maschine hervor und füllte Peters Tasse. »Vielleicht wäre es ja einen Versuch wert.«

Gedankenverloren nippte er an seinem Kaffee.

Hanna setzte sich ihm gegenüber. »Wir werden alle nicht jünger, und ich merke immer wieder, wie schön es ist, jemanden an meiner Seite zu haben, gerade jetzt, wo ich langsam älter werde.«

Er nickte nachdenklich. »Da magst du recht haben.«

»Guck mal, Mami!« Eine helle Kinderstimme drang aus dem Flur. »Alles steht schon auf dem Tisch.«

»Lass mich erst unsere Sachen aufs Zimmer bringen«, antwortete Leslie. »Und dann wasch dir bitte die Hände.«

»Wollt ihr backen?«, fragte Peter.

»Weihnachtsplätzchen verzieren«, erwiderte Hanna. »Weißt du noch, wie du früher immer rüberkamst, um zu helfen?«

»Ja«, sagte er melancholisch, »die guten alten Zeiten. Damals war alles noch so leicht und unbeschwert.«

»Und danach seid ihr immer zum Tannenhügel gepilgert.« Sie lächelte bei der Erinnerung an vergangene Tage.

»Da wäre ich sofort wieder dabei – wenn deine Kinder Weihnachten nach Hause gekommen wären …«

»Über Schneemangel bräuchten wir jedenfalls nicht zu klagen.« Hanna stand auf und ging zu ihrem Schreibtisch. »Im Ernst, Peter, was bin ich dir nun schuldig für die Treppe?«

»Nichts«, erwiderte er mit breitem Lächeln. »Du hast mich schon in Naturalien bezahlt.«

»Nun ja, wenn du meinst. Bleib und trink in Ruhe deinen Kaffee zu Ende. Ich muss jetzt mal rübergehen und mich um die Damen kümmern. Ich bin ja so froh, dass sie ihre Hilfe angeboten haben. Die armen Plätzchen wären sonst nie fertig geworden.«

»Und Weihnachten wäre nicht dasselbe ohne Hannas berühmte Weihnachtsplätzchen.«

Lächelnd ging Hanna ins Esszimmer. Bald beugten sich Leslie und Julia eifrig über den Tisch, und die Plätzchen nahmen Gestalt an. Leslie war wirklich künstlerisch begabt. »Ich muss rasch einen Kuchen in den Ofen schieben«, sagte Hanna nach einer Weile, »für die Party morgen.« Doch sie hatte die Küche noch nicht erreicht, als sie Stimmen in der Eingangshalle hörte. Sie erkannte Myrtles lautes Organ und beschloss, lieber nach dem Rechten zu sehen, falls sich neuer Ärger zusammenbraute.

»Nun kommen Sie schon«, hörte sie Myrtle sagen. Diesmal war Michael Thomas ihr Opfer. »Sie werden es nicht bereuen.«

»Aber, ich … Ich weiß nicht recht …« Michael wirkte ziemlich hilflos.

»Myrtle?« In Hannas Stimme lag ein warnender Unterton. »Was haben Sie vor?«

Myrtle drehte sich um und sah Hanna mit unschuldigem Blick an. »Nichts.«

Michael kam ihr zu Hilfe und schenkte Hanna ein beruhigendes Lächeln. »Sie versucht bloß, mich zu überreden, dass ich sie in meinem Wagen mitnehme.«

»Myrtle, ich bitte Sie, die übrigen Gäste nicht dauernd zu behelligen.«

»Das geht nur mich und Mr Thomas etwas an.«

»Warum eigentlich nicht«, lenkte Michael ein. »Melanie ist zu Fuß in die Stadt gegangen und wird so schnell nicht zurückkommen. Und ich wollte bloß lesen und vielleicht ein bisschen schlafen.«

»Schlafen können Sie später auch noch«, bemerkte Myrtle.

Michael lachte verlegen. »Ja, da haben Sie recht.«

Hanna missfiel der Gedanke, dass Myrtle ihre Gäste für sich einspannte. Sie vermutete, dass Myrtle Mr Thomas' schnittigen Sportwagen gesehen und Lust auf eine Spritztour bekommen hatte. Auch wenn es schwer vorstellbar war, wie Myrtle ihren massigen Körper in den engen Zweisitzer zwängen wollte.

»Na dann, viel Spaß«, sagte Hanna. Als sie ins Esszimmer zurückkam, sah sie überrascht, dass Peter sich zu Leslie und Julia gesellt hatte. Soeben verpasste er einem wie ein Spielzeugsoldat geformten Plätzchen eine Tarnkleidung aus Zuckerguss.

»Na, du willst dich wohl auch nützlich machen?«, meinte sie.

»Darf ich?«, fragte er, ohne aufzusehen.

»Aber gern. Hast du dich mit den Damen schon bekannt gemacht?«

Er blickte belustigt zu ihr hoch. »Natürlich. Als ich erzählt habe, dass deine Kinder und ich früher immer zusammen Plätzchen verziert haben, hat Julia gefragt, ob ich mithelfen wollte.«

»Und jetzt macht er einen Soldaten«, sagte Julia.

»Ein ungewöhnliches Weihnachtsmotiv, das gebe ich zu«, lachte Peter.

»Aber es ist sehr gut geworden.«

Leslie schaute bewundernd auf sein Werk.

»Peter ist ein stadtbekannter Künstler«, berichtete Hanna.

»Du bist ein echter Künstler?« Julia bekam große Augen.

»Ja, das ist er«, antwortete Hanna an seiner Stelle. »Die Plätzchen, die er dekoriert hat, waren immer die interessantesten.« Sie überließ die Gäste und Peter sich selbst und ging in die Küche, wo immer noch ihre Torte wartete. Hoffentlich war der Teig noch zu gebrauchen. Zu ihrer Beruhigung sah er ganz gut aus und im gebackenen Zustand noch besser, als sie ihn später aus dem Ofen holte.

Sie stellte die Torte zum Abkühlen auf die Arbeitsfläche neben der Spüle und ging nach oben, um etwas Bestimmtes zu suchen. Sie hoffte, sie besaß es noch. Es war eine kleine Patchworkdecke, die sie für Toms und Alicias Baby genäht hatte. Das heitere Muster bestand aus einem Bauernhofmotiv in kräftigen hellen Farben. Hanna hatte die Decke damals nicht verschenkt, sondern ein weiteres Exemplar angefertigt, als sie erfuhr, dass

Alicia das Kinderzimmer ganz in Pastelltönen gehalten hatte. Die Decke mit den Tieren vom Bauernhof hatte sie für das nächste Baby aufgehoben, denn erfahrungsgemäß kam immer irgendwo eines nach.

Sie suchte fieberhaft, in der festen Überzeugung, sie habe die Decke ganz bestimmt noch nicht verschenkt. Nach einer Weile förderte sie das gesuchte Objekt aus einem Plastikkorb zutage, der noch weitere Babyartikel enthielt, die sie einmal im Ausverkauf erstanden, für ihre Enkel zurückgelegt und dann vergessen hatte.

Unten war zur Abwechslung alles ruhig, und Hanna beschloss, die Zeit zu nutzen, um die Geschenke einzupacken und ein paar Minuten die Beine hochzulegen. Obwohl es erst Vormittag war, kam es ihr vor, als hätte sie einen langen, anstrengenden Tag hinter sich. Vielleicht gehörte das dazu, wenn man in die Jahre kam. Es dauerte nicht lange, und sie war eingenickt.

Sie erwachte durch heftiges Klopfen. »Mrs Gordon?«, rief eine angsterfüllte weibliche Stimme. »Sind Sie hier?«

Hanna sprang erschrocken auf. Um Gottes willen! Vielleicht stand das Haus in Flammen, und sie hatte es noch nicht einmal gemerkt. Halb benommen stolperte sie zur Tür. Als sie öffnete, sah sie Melanie Thomas, die ziemlich aufgelöst wirkte. »Was ist passiert?« Hanna spürte, wie ihr Herz zu rasen begann.

»Es ist Michael!« Melanie atmete schwer. »Ich war in der Stadt, um ein Geschenk für das Baby zu besorgen, und er wollte in der Zwischenzeit ein bisschen schlafen, doch als ich wiederkam, war er nicht im Zimmer. Unten ist er auch nicht und sein Auto ist weg … Es ist einfach so …«

»Es ist alles in Ordnung«, beruhigte Hanna sie. »Ihr Mann ist mit Myrtle unterwegs. Er macht mit ihr eine kleine Spritztour.«

Auf Melanies Gesicht lag ein ungläubiger Ausdruck. »Eine kleine Spritztour?«

»So ist es. Es war natürlich Myrtles Idee, und sie hat ihn irgendwie dazu überredet. Vielleicht hat sie eine Vorliebe für rasante Sportwagen …«

Plötzlich brach Melanie in Tränen aus.

»Sie brauchen sich keine Sorgen zu machen«, versicherte Hanna. »Die beiden sind bestimmt bald zurück.«

Als Melanie sich überhaupt nicht beruhigen konnte, nahm Hanna sie beim Arm und führte sie in ihr eigenes Zimmer, was sie noch bei keinem Gast getan hatte. Sie drückte Melanie sanft in den Schaukelstuhl, setzte sich ihr gegenüber in Charles' Sessel und wartete. Ihr erster Eindruck von Melanie Thomas war der einer abgeklärten, nüchternen Persönlichkeit gewesen, vom Typ Karrierefrau im klassischen Kostüm mit Lederaktentasche. Sie war sicher nicht von der hysterischen Sorte. Was ging bloß in Melanie Thomas vor? Warum regte sie sich so auf, dass Michael mit Myrtle weggefahren war? Eifersucht schied wohl in diesem Falle aus, denn Myrtle hätte gut und gerne seine Großmutter sein können. Langsam ließen Melanies Tränen nach. Hanna reichte ihr ein Taschentuch.

»Es tut mir leid«, entschuldigte sich die junge Frau, während sie sich die Augen trocken tupfte. »Ich wollte nicht dermaßen die Fassung verlieren. Ich hatte bloß auf einmal solche Angst … Da war es wieder … dieses plötzliche Bewusstsein, dass ich ihn für immer verlieren werde.«

»Aber Mrs Thomas.« Hanna war verwirrt und wusste nicht, was sie denken sollte. »Sie sind eine hübsche junge Frau. Ich bin sicher, Ihr Mann würde Sie nie wegen einer älteren Frau verlassen. Und ich denke, Myrtle wäre wohl kaum seine Kragenweite.«

Melanie sah sie einen Augenblick entsetzt an. Dann brach sie in lautes Gelächter aus. Hanna verstand gar nichts mehr, doch sie schwieg und war froh, dass Melanie wieder lachen konnte.

»Nein, nein, das ist es nicht«, sagte Melanie schließlich, als sie sich wieder beruhigt hatte. »Ich glaube kaum, dass Michael mit einer anderen Frau durchbrennen wollte, und wenn ...« Sie musste erneut lachen. »Und wenn, dann nicht ausgerechnet mit *Myrtle!*« Dann wurde ihr Gesicht ernst und sie schaute zu Boden. »Es gibt einen bestimmten Grund, weshalb wir Weihnachten nicht zu Hause mit unseren Familien feiern wollten. Aber das ist eine lange Geschichte.«

»Jetzt haben Sie mich neugierig gemacht«, sagte Hanna. »Wenn Sie erzählen möchten – ich habe Zeit.«

»Und ich schätze, so wie ich mich benommen habe, bin ich Ihnen eine Erklärung schuldig.« Sie biss sich auf die Lippen. »Ich will mich kurz fassen. Michael und ich sind seit fünf Jahren verheiratet. Kurz nach unserer Hochzeit erkrankte Michael an Krebs. Die Therapie verlief erfolgreich, sodass wir dachten, er hätte es geschafft. Wir freuten uns über seine Heilung und wollten bald eine eigene Familie gründen, doch dann ...« Melanies Stimme versagte und sie blickte stumm auf ihre Hände im Schoss.

»Dann kam der Krebs zurück?«

Sie nickte und schwieg.

»Und Sie befürchten, die Chancen stehen nicht besonders gut.«

Melanie blickte auf. »Ja. Die Ärzte versprechen sich nicht viel von einer Operation. Und noch eine Chemotherapie mit den damit verbundenen Nebenwirkungen würde in seinem Fall vielleicht mehr schaden als nützen. Wir haben die Diagnose erst vor zwei Wochen erfahren. Wir hätten es einfach nicht ertragen, Weihnachten bei unseren Familien zu sitzen und so zu tun, als sei alles in Ordnung. Wir wollten niemandem die Feiertage verderben, verstehen Sie?«

»Das ist sehr rücksichtsvoll von Ihnen«, sagte Hanna. »Aber, ehrlich gesagt, wenn eines meiner Kinder krank wäre, wüsste ich lieber Bescheid.«

»Wir werden es ihnen ja auch sagen. Wir wollten damit nur bis nach Weihnachten warten. Und wir brauchten diese ungestörte Zeit zu zweit, um alles zu verarbeiten und Dinge gemeinsam zu besprechen, die nur uns beide etwas angehen, verstehen Sie?«

»Und dann kommt Myrtle und schnappt Ihnen Ihren Mann weg!« Hanna schüttelte den Kopf.«

»Ist schon in Ordnung. Ich bin sicher, Michael wäre nicht mitgegangen, wenn er absolut nicht gewollt hätte. Ich kann mir nur nicht vorstellen, wo sie so lange bleiben.«

»Sie werden bestimmt bald zurück sein«, wiederholte Hanna.

»Es tut mir leid, dass ich Sie jetzt auch noch damit belaste.«

»Bitte, Mrs Thomas, es braucht Ihnen nicht leid zu tun, wirklich nicht. Wissen Sie, als ich erfahren habe, dass unsere Kinder zu Weihnachten nicht nach Hause kommen würden, und wir daraufhin beschlossen, unser Haus für Gäste zu öffnen, da war ich überzeugt, dass es genau das ist, was wir tun sollten. Und ich bin sicher, dass wir uns kennenlernen sollten.«

»Michael und ich fühlen uns auf jeden Fall hier bei Ihnen sehr wohl. Und es ist schön, dass die Kirche so nah ist, ein echter Segen.« Melanie stand auf. »Ich bringe rasch mein Make-up in Ordnung, bevor Michael kommt. Bitte, sagen Sie ihm nicht, dass ich geweint habe.«

»Natürlich nicht.«

»Und auch nicht, dass Sie Bescheid wissen.«

»Ich sage kein Sterbenswörtchen.«

»Danke.«

Hanna fühlte Zorn gegen Myrtle in sich aufsteigen, die sich anmaßte, den armen Michael Thomas zu einer langen Autofahrt zu nötigen. Weiß der Himmel, wann sie zurück sein würden. Und die Straßenverhältnisse waren bei dem Schnee nicht die besten. *Lieber Gott, lass deinen Schutzengel mitfahren*, betete sie, als sie in ihre Hausschuhe schlüpfte und wieder nach unten ging.

Inzwischen waren wenigstens Charles und Collin Schuster zurückgekehrt. Offensichtlich mit den passenden Ersatzteilen, denn beide steckten ihre Köpfe unter die Motorhaube, diesmal mit Peter als Verstärkung.

»Peter weiß, wie man Autos repariert«, sagte Julia und bezog neben Hanna am Fenster Position.

»Ja, das kann er ganz bestimmt«, sagte Hanna. »Er kann eine ganze Menge Sachen reparieren.« Sie ging hinüber zum Esstisch. »Und wie klappt es mit den Plätzchen?«

»Prima«, erwiderte Leslie und blickte kurz von ihrem Werk auf, einem Engel, der sich unter ihren geschickten Händen in ein wahrhaft himmlisches Wesen verwandelte.

»Na, so was!« Hanna betrachtete staunend die illustre Auswahl auf dem Tisch. »Ich kann mich nicht erinnern, dass wir jemals so kunstvoll verzierte Plätzchen hatten. Sind Sie auch Künstlerin von Beruf?«

»Leider nicht«, bedauerte Leslie. »Ich bin gern kreativ, aber es würde nicht reichen, um damit unseren Lebensunterhalt zu verdienen. Aber ich mache so etwas gern, es ist die beste Therapie.«

Hanna nickte zustimmend. »Das finde ich auch.«

In der Küche prüfte sie, ob die Torte schon abgekühlt war.

»Hallo, meine Liebe.« Charles kam herein. »Das riecht ja lecker hier.«

»Habt ihr alle Ersatzteile für den Motor bekommen?«, fragte Hanna, während sie Zuckerguss mit rosa und blauer Lebensmittelfarbe mischte.

»Für den Motor schon. Doch die Reifen mussten wir bestellen, sie werden wahrscheinlich erst nächste Woche da sein, also nach Weihnachten.«

»Oh ...«

»Ich weiß, was du denkst. Aber ich werde mit Hal Berry heute Nachmittag in die Stadt fahren und ein wenig Schadensbegrenzung treiben. Wir werden mit dem Bürgermeister sprechen, wenn er beim Weihnachtsmannspielen mal eine Pause macht. Wir werden ihm erklären, dass sich das Problem in nächster Zeit von selbst löst. Und er wird sicher einsehen, dass es keinen guten Eindruck machen würde, wenn die Lokalpresse darüber berichtete, dass wir zwei mittellose Durchreisende gezwungen haben, mit abgefahrenen Reifen durch Schnee und Eis zu kutschieren.«

Sie lächelte listig. »Nein, das würde wirklich keinen guten Eindruck machen.«

»Wie du weißt, hat Hal gute Beziehungen …« Charles blinzelte ihr zu. Hal Berrys Frau schrieb die Restaurantkritiken für das Wochenblatt und hin und wieder verkaufte sie auch einen Artikel an größere Zeitungen.

»Sieht so aus, als ob ihr alles bestens im Griff habt.«

Charles fuhr fort, während er sich die Hände wusch: »Außerdem hat Peter angeboten, Collin Schuster beim Motor zu helfen. Drei Köpfe unter der Motorhaube sind ohnehin einer zu viel. Zudem war mir erbärmlich kalt. Ich glaube, das Thermometer fällt immer noch.«

»Ich hoffe, Amy und Collin Schuster haben es warm genug in ihrem Bus.«

»Collin sagte, sie frieren zwar an den Nasenspitzen, aber es lässt sich aushalten.«

»Ich werde ihnen extra Daunendecken bringen, für alle Fälle.«

»Ich wusste, dass du das sagen würdest, Liebes.« Er trocknete sich sorgfältig die Hände ab. »Ich fahre jetzt in die Stadt. Brauchst du irgendetwas?«

Sie reichte ihm die Einkaufsliste für die Party, auf der »Pfefferminzbonbons«, »Nüsse« und »Punsch-Mix« stand. Dann besann sie sich eines Besseren und nahm ihm den Zettel wieder ab, um die gewünschten Produkte genauer zu definieren. Sie wusste aus Erfahrung, dass er sonst mit den billigsten Nüssen und einer

Schachtel Tic Tac nach Hause kommen würde. Charles war ein sehr guter Prediger und Ausleger, doch Lebensmittelgeschäfte waren für ihn fremdes Terrain.

»Du kennst mich zu gut!«, lachte er, während er die überarbeitete Liste an sich nahm.

Es war schon fast dunkel, als Collin und Peter durch die Hintertür die Küche betraten, in der es in diesen Tagen zuging wie auf einem Bahnhof. Hanna blickte von ihrer Torte auf, der sie gerade den letzten Schliff für die Party am nächsten Tag verlieh.

»Ich glaube, wir haben's geschafft«, sagte Peter zufrieden.

»Peter ist ein Genie«, fand Collin.

Peter boxte Collin freundschaftlich in die Seite. »Danke, mein Freund. Schön, dass es endlich mal jemand bemerkt hat.«

»Amy hat mich gebeten, den Wäschekorb rüberzubringen«, wandte sich Collin an Hanna.

Als sie aus der Waschküche zurückkamen, deutete Peter auf die Torte. »Was ist denn das?«

Hanna runzelte die Stirn. »Das sollte eine Babywiege aus Zuckerguss werden.«

»Sieht eher aus wie ein VW-Bus.« Peter schnitt eine Grimasse.

»Danke für das Kompliment.«

»Hast du noch mehr von dem rosa und hellblauen Zeug?«

»Ja.« Sie sah ihn forschend an. »Wenn *du* dich daran versuchen willst, bitte sehr. Ich weiß, du bist künstlerisch begabter als ich. Aber bitte keine Soldaten in Tarnkleidung!«

»Oh nein, ich dachte vielmehr, du solltest Leslie fragen. Sie hat ein Händchen für so etwas.«

Hannas Miene hellte sich auf. »Natürlich! Warum bin ich nicht selbst darauf gekommen? Schau doch bitte nach, ob die zwei noch im Esszimmer sind. Es ist so still geworden, ich glaube, sie sind mit den Plätzchen fertig.«

Hanna nahm einen Teigschaber und kratzte sorgfältig ihre

missratene Kreation ab. Zum Glück hatte sie reichlich Zuckerguss angerührt.

»Ich habe gehört, Sie können Hilfe gebrauchen?« Leslie stand im Türrahmen.

»So ist es.« Hanna deutete mit einem Kopfnicken auf die unvollendete Torte.

Leslie blieb stehen und zeigte auf das Schild über ihrem Kopf. »Darf ich denn?«

»Ach, du meine Güte!«, lachte Hanna. »Das Ding habe ich schon fast vergessen. In letzter Zeit scheint sich sowieso kaum jemand darum zu kümmern. Kommen Sie ruhig herein.«

Leslie trat an den Tisch. »Peter hilft Julia bei den restlichen Plätzchen. Es sind noch ungefähr zehn Stück.« Sie besah sich die Bescherung. »An welche Verzierung hatten Sie denn gedacht?«

Hanna zuckte die Achseln. »Irgendetwas zum Thema ›Baby‹ in Rosa und Blau. Ich habe mich an einer Wiege versucht, doch sie sah aus wie ein unförmiger Farbklecks und Peter tippte auf VW-Bus, also habe ich das Ganze abgekratzt. Vielleicht können Sie noch etwas retten?« Sie lächelte Leslie ermutigend zu. »Lassen Sie Ihrer Fantasie freien Lauf – ich bin sicher, Sie werden etwas Schönes daraus machen.«

## *12. Keine Regel ohne Ausnahme*

Was für eine wohltuende Stille heute Abend«, stellte Charles fest, als er am Küchentisch Platz nahm.

»Ja, die Ruhe tut gut.« Hanna deckte den Reistopf zu und schaltete die Herdplatte auf die kleinste Stufe. »Es war ziemlich viel Trubel heute.«

»Du hast nur für zwei Personen gedeckt«, bemerkte Charles. »Wo ist denn unsere Myrtle?«

Hanna schüttelte amüsiert den Kopf. »Du wirst es nicht glauben.«

»Schieß los.«

»Leslie Winter und die kleine Julia haben mir bei den Plätzchen geholfen und Leslie hat außerdem die Dekoration für die Torte übernommen – sie hat es übrigens ganz toll hingekriegt. Als wir gerade fertig waren, kam Myrtle herein und fragte die beiden, ob sie schon Pläne für heute Abend hätten. Zuerst dachte ich, sie wollte vorschlagen, dass sie auch mit uns in der Küche essen. Das wäre kein Problem gewesen – im Gegenteil, ich hätte mich gern revanchiert für ihre Hilfe.«

»Also ist Myrtle mit Leslie Winter und Julia essen gegangen?«

»Ja, sie hat sich gewissermaßen selbst eingeladen. Und dann fragte sie Peter, ob er nicht auch Lust hätte, mitzukommen.«

»Peter?«, fragte Charles erstaunt.

»Peter hatte auch beim Plätzchenverzieren geholfen. Und da er heute Abend nichts vorhatte, zogen sie zu viert los.«

»Das ist ja interessant«, lächelte Charles.

»Ach ja, und Peter sagt, ich soll dir ausrichten, dass der Motor wieder in Ordnung ist. Collin Schuster hat ihn ein Genie genannt.«

»Und wie geht es unserer werdenden Mutter?«

»Ich glaube, sie hat sich mit der Wäsche etwas übernommen. Der Rücken tat ihr weh, und sie musste sich hinlegen. Ich habe den beiden warme Daunendecken gebracht und etwas zu essen, und sie haben sich sehr gefreut.« Ihr Gesicht nahm einen besorgten Ausdruck an. »Aber dieser Bus! Von außen mag er ja bunt und fröhlich aussehen, aber innen ist er trostlos und deprimierend. Und außerdem bitterkalt, bei den Temperaturen. Sie haben zwar einen kleinen Heizstrahler, den sie mit Batterien betreiben, aber er ist nur ein Notbehelf und nicht für den Dauerbetrieb geeignet.«

Charles überlegte. »Wir könnten ihnen ein Verlängerungskabel legen«, sagte er. »Von der Außensteckdose auf der Veranda.«

»Ja, das würde gehen – solange niemand darüberfällt. Myrtle hat mir heute schon mit der defekten Treppenstufe einen Schreck eingejagt. Nicht auszudenken, wenn sie gestürzt wäre und sich etwas gebrochen hätte! Sie hätte uns bestimmt wegen Fahrlässigkeit vor Gericht gebracht.«

»Also, Hanna, ich weiß nicht ...«

Hanna wusste, dass er auf seine Art Myrtle verteidigen wollte. Charles würde nie etwas Schlechtes über jemanden sagen. Sie prüfte den gedünsteten Fisch und beschloss, dass er gar war.

Dann erzählte sie von Myrtles Spazierfahrt mit Michael. »Ich habe keine Ahnung, was Myrtle sich dabei gedacht hat, Michael Thomas zu entführen. Die arme Melanie hat sich ziemliche Sorgen gemacht.«

»Aber sie sind heil wieder angekommen?«

»Ja, und Michael war bester Laune. Er und Melanie wollten essen gehen und sich danach das Theaterstück in der Stadt ansehen. Das Ehepaar Fields hat sich ihnen angeschlossen. Leider haben sie schon angefangen zu streiten, als sie noch nicht einmal aus der Tür waren. Ich hoffe, sie reißen sich wenigstens heute Abend zusammen.«

»Und wenn nicht, dann wissen Melanie und Michael vielleicht umso mehr zu schätzen, was sie aneinander haben«, gab Charles zu bedenken.

Hanna stellte den Reis auf den Tisch und meinte nachdenklich: »Besser eine kurze gemeinsame Zeit voll Liebe als ein langes Leben voller Feindseligkeit.«

»Das hast du treffend ausgedrückt, meine Liebe.«

Sie holte die übrigen Beilagen für die Mahlzeit und legte ihre Schürze ab.

»Was macht eigentlich Mr Benson?«, fragte Charles.

»Ich glaube, er hat schon zeitig in der Stadt zu Abend gegessen und wollte dann auf dem Zimmer bleiben und lesen.«

»Der Mann tut mir leid. Es ist sein erstes Jahr ohne seine Frau und bestimmt nicht einfach für ihn.«

»Und dann kommt auch noch Myrtle und hackt pausenlos auf ihm herum.« Hanna zog sich den Stuhl heran. »Ich verstehe diese Frau nicht. Warum muss sie ihre Nase in jedermanns Privatangelegenheiten stecken?«

»Das scheint ihr Hobby zu sein.«

»Ich hoffe bloß, sie verdirbt den jungen Leuten nicht den Abend.«

Als Charles vor dem Essen für die Gaben dankte, schloss er auch ihre Gäste mit ein und bat Gott, er möge ihnen einen schönen gemeinsamen Abend schenken. Hanna lehnte sich innerlich zurück. Sie nahm sich vor, nicht mehr an Myrtle und ihre Eskapaden zu denken, sondern die friedliche Mahlzeit zu zweit zu genießen.

Charles erzählte, wie es ihm und Hal in der Stadt ergangen war. Offensichtlich war ihre Mission erfolgreich gewesen.

»Ich glaube, unser Bürgermeister sieht die Dinge inzwischen nicht mehr so verbissen«, sagte er. »Es muss an seiner weihnachtlichen Stimmung liegen.«

»Das ist erfreulich«, antwortete Hanna. »Übrigens, unser Weihnachtsbus entwickelt sich langsam zum Publikumsmagneten. Immer wieder pilgern Leute hierher, um ihn zu bestaunen. Peter sagte, vor Kurzem stand ein halbes Dutzend Schaulustige davor.«

»In einer Kleinstadt spricht sich so etwas schnell herum.«

»Man sollte meinen, die Leute hätten drei Tage vor Weihnachten Besseres zu tun, als herumzustehen und einen alten Bus zu besichtigen«, wunderte sich Hanna.

Nach dem Essen räumten sie gemeinsam den Tisch ab. Danach verschwand Charles im Arbeitszimmer, während Hanna sich in die Waschküche begab, um einen Korb Bettwäsche in die Maschine zu stopfen. Normalerweise erledigte sie die Wäsche vormittags, aber der morgige Tag würde mit der Party und den Vorbereitungen so ausgefüllt sein, dass es nicht schaden konnte, einen kleinen Vorsprung zu haben. Zufrieden wanderten ihre Augen über die blitzsaubere, ordentlich aufgeräumte Waschküche. Amy Schuster hatte sogar das Flusensieb gereinigt – etwas, was ihre eigenen Kinder normalerweise vergaßen.

Hanna wollte nicht als pedantisch gelten, aber sie achtete peinlich genau auf Sauberkeit, vor allem, wenn es um die Wäsche und um ihre Küche ging. Normalerweise war Gästen der Zugang zu beiden Räumen verwehrt. *Keine Regel ohne Ausnahme*, dachte sie und musste unwillkürlich lächeln. Vielleicht sollte sie in manchen Dingen lernen, das Leben mehr von der leichten Seite zu nehmen.

Als Hanna nach getaner Arbeit wieder nach oben kam, drangen Gesprächsfetzen aus dem Esszimmer an ihr Ohr. Wie gewöhnlich hatte sie auf dem Tisch Getränke und eine kleine Stärkung für die Gäste bereitgestellt. Die eine Stimme hörte sich verdächtig nach Myrtle an, und Hanna wunderte sich, dass sie von ihrem Ausflug in die Stadt schon zurück war.

»Wissen Sie nicht, dass das Gift für Ihren Cholesterinspiegel ist?«, fragte Myrtle in belehrendem Ton.

Hanna hielt auf der Kellertreppe in der Bewegung inne und horchte. Sie wollte das Gespräch nicht belauschen, doch Myrtles Stimme ließ bei ihr sämtliche Alarmglocken schrillen. Mit wem sie wohl diesmal sprach?

»Mein Cholesterinspiegel ist *meine* Sache«, erwiderte eine Stimme, die wie Mr Bensons klang.

»Und Kaffee vor dem Schlafengehen?« Das war wieder Myrtle. »Wissen Sie, was dann mit Ihrem Blutdruck passiert?«

»Mein Blutdruck ist ebenfalls *meine* Sache.«

»Nicht mehr lange, wenn Sie weiterhin Raubbau an Ihrer Gesundheit treiben.«

Hanna war kurz davor, sich einzumischen und der Sache ein Ende zu bereiten, doch Mr Bensons nächster Satz hielt sie zurück.

»Jetzt hören Sie mir einmal zu, gute Frau.« Seine Stimme war laut und gereizt. »Meine Gesundheit kann *Ihnen* wohl egal sein – und *mir* ist sie übrigens auch egal. Vielleicht lege ich ja keinen besonderen Wert darauf, noch möglichst lange auf dieser Erde zu weilen.«

»Aber Mr Benson, so etwas dürfen Sie nicht sagen! Es war Gottes Wille, dass Sie geboren wurden, und er wird auch entscheiden, wann Sie diese Erde verlassen. Das sollten Sie doch wissen!«

»Alles, was ich weiß, ist, dass Sie die aufdringlichste Person sind, die mir je über den Weg gelaufen ist. Ich wünsche, dass Sie mich endlich in Frieden lassen! Mischen Sie sich nicht ständig in Dinge ein, die Sie nichts angehen.«

»Woher wollen Sie wissen, dass sie mich nichts angehen? Sind wir nicht auf dieser Erde, um unseren Mitmenschen zu helfen? Was für eine Welt wäre das, wenn sich niemand mehr um andere kümmern würde?«

»Für mein Verständnis eine wesentlich glücklichere, bessere Welt.«

Hanna konnte nicht mehr an sich halten und stieß die Tür auf, wobei sie so tat, als sei sie gerade erst die Treppe hochgekommen und hätte nicht schon vorher gelauscht. Sie lächelte Myrtle betont freundlich zu und sagte so unbefangen wie möglich: »Hallo, Myrtle! Wie war Ihr Abendessen mit den jungen Leuten?«

»Es war sehr nett«, sagte Myrtle kurz angebunden, den Blick immer noch auf Mr Benson gerichtet. Er stand an den Tisch gelehnt, zornesrot im Gesicht und mit ärgerlich zusammengezogenen Brauen. In der einen Hand hielt er einen Teller, auf dem ein Stück Kürbiskuchen mit Schlagsahne lag, in der anderen einen Becher Kaffee. Er erinnerte Hanna an ein Tier, das in der Falle saß.

»Möchten Sie sich nicht setzen?«, schlug Hanna vor, bemüht, die Lage zu entschärfen.

»Danke.« Er schien erleichtert, nicht mehr allein mit Myrtle im Zimmer zu sein.

»Wo sind eigentlich Leslie und Julia?«, fragte Hanna in der Hoffnung, Myrtle auf andere Gedanken zu bringen.

»Sie wollten sich das Theaterstück ansehen.«

»Oh, das ist schön.« Hanna nahm sich selbst ein kleines Stück Kürbiskuchen mit einem Klecks Sahne obendrauf – mehr als Akt der Solidarität mit Mr Benson, denn eigentlich verspürte sie keinen großen Appetit auf Kuchen. Dann goss sie sich eine Tasse Tee ein und setzte sich ihm gegenüber, wobei sie Myrtle nicht aus den Augen ließ.

»Möchten Sie nichts essen oder trinken, Myrtle?«

»Ich kann mich nicht entscheiden.«

Hanna plauderte betont unbekümmert mit Mr Benson, während sie Myrtle beobachtete, die immer noch am Büfett stand. Sie sprachen über das Wetter, über Veranstaltungen in der Stadt und über das bevorstehende Krippenspiel. Sie bemerkte, wie sich die Züge des alten Herrn allmählich entspannten.

»Ich habe seit Jahren kein Krippenspiel mehr gesehen«, sagte er leicht wehmütig. »Ich weiß noch, dass ich als kleiner Junge einmal einen Hirten spielen durfte.«

»Myrtle hilft übrigens bei den Vorbereitungen für das Krippenspiel«, ergänzte Hanna in ihrem Bestreben, alle Anwesenden ins Gespräch mit einzubeziehen. Schließlich wollte sie nicht unhöflich sein.

»So ist es«, bekräftigte Myrtle, die sich inzwischen für Kräutertee und zwei Plätzchen entschieden hatte. Hanna lächelte insgeheim, zumal Myrtle, soweit sie wusste, auch tagsüber nicht an Zucker und Kalorien sparte.

Während sie am Tischende Platz nahm, sagte die alte Dame: »Morgen wird ein anstrengender Tag. Ich wünschte, jemand könnte mich in die Stadt fahren. Ich muss noch ins Haushaltswarengeschäft, um ein paar Requisiten zu besorgen.«

»Ich bin leider vollkommen mit den Vorbereitungen für die Party ausgelastet«, wehrte Hanna mit gutem Gewissen ab.

Myrtles Blick wanderte zu Mr Benson. »Ich nehme an, Sie sind nicht allzu erpicht auf eine Fahrt in die Stadt – zumal ich Ihnen vorhin mit meinen Gesundheitstipps zu nahe getreten bin.« Sie schaute verlegen auf ihren Teller. »Es tut mir leid.«

Hannas Augen weiteten sich vor Erstaunen. Dies war die erste Entschuldigung, die sie aus Myrtles Mund hörte.

Mr Benson räusperte sich. »Nun, ich sollte vielleicht nicht so empfindlich sein.«

»Und ich sollte nicht so rechthaberisch sein«, fuhr Myrtle fort, »und mich immer in alles einmischen. Das ist mein größter Fehler – aber ich kann so schlecht über meinen Schatten springen.«

Während Hanna sich noch über Myrtles plötzliche Selbsterkenntnis wunderte, sagte Mr Benson: »Dabei hatten Sie völlig recht mit dem Cholesterin und dem hohen Blutdruck.«

Myrtle nickte bestätigend, wobei ihr Doppelkinn triumphierend wackelte.

»Wissen Sie, meine Frau hat immer auf gesunde Ernährung geachtet. Als sie noch da war, ging es mir gut. Doch als sie letztes Jahr starb … Es ist alles nicht einfach für mich.«

»Und was glauben Sie, wie Ihre Frau darüber denken würde, wenn Sie sich jetzt vernachlässigen und nicht mehr auf Ihre Gesundheit achten?« Myrtle sah ihn eindringlich an.

Mr Benson blickte vor sich hin.

»Also, wie wär's, wenn Sie mich morgen in die Stadt mitnehmen? Es könnte Ihr persönlicher Beitrag zum Krippenspiel sein.«

Zu Hannas Überraschung stimmte Mr Benson tatsächlich zu. Hatte Myrtle das Ganze vielleicht sorgfältig eingefädelt, oder war es einfach eine Folge von glücklichen Zufällen? Hanna konnte nicht umhin, einmal mehr über die Art der alten Dame zu staunen, andere für ihre Wünsche einzuspannen.

»Wenn Sie mich nun bitte entschuldigen wollen«, sagte sie dann, »ich muss die Wäsche noch in den Trockner tun.« Erleichtert stand sie auf, da sie ihre Aufgabe als Schiedsrichterin für beendet ansah. Nun konnte sie die beiden allein lassen, ohne dass sie sich in ihrer Abwesenheit die Köpfe einschlugen.

»Der Kuchen war übrigens sehr lecker«, bemerkte Mr Benson, legte seine Gabel auf den leeren Teller und erhob sich ebenfalls. »Doch wenn die Damen mich auch entschuldigen möchten ... Ich wollte heute einmal früh zu Bett gehen.«

Hanna dankte ihm für das Kompliment und wünschte eine gute Nacht. Sie stellte die gebrauchten Teller und Tassen zusammen, um sie später in die Küche zu tragen.

Mr Benson war kaum außer Sichtweite, als Myrtle sich noch einmal zum Büfett begab und sich ein großes Stück Kürbiskuchen mit Sahne holte. Als sie Hannas Blick auffing, lächelte sie leicht verlegen. »Ich wollte vorhin kein schlechtes Beispiel geben«, sagte sie verschmitzt und machte sich über den Kuchen her.

Hanna konnte sich ein Lachen nicht verkneifen, als sie den Geschirrstapel ins Spülbecken stellte. Sie fragte sich, wie es wohl um Myrtles Cholesterinspiegel und Blutdruck stand, doch sie hütete sich, dieses Thema anzuschneiden.

* * *

Als Hanna mit der Wäsche fertig war, war es still im Haus geworden. Sie stellte Kuchen und Sahne in den Kühlschrank und ließ nur eine Schale mit Plätzchen auf dem Tisch, falls einige Gäste zu späterer Stunde noch Hunger verspüren sollten. Sie zog den Stecker für die Weihnachtsbeleuchtung heraus und blies die Kerzen aus. Doch als sie sich bückte, um die große weiße Kerze im Flur zu löschen, hielt sie plötzlich inne. Irgendetwas stimmte nicht.

Sie betrachtete den zierlichen Stechpalmenzweig mit den roten Beeren, der sich um die Kerze wand und sich in der glänzenden Oberfläche des Mahagoni-Tischchens spiegelte. Auf einmal wusste sie, was es war: Ihr Porzellanengel fehlte. Sie blickte sich in der Eingangshalle um, auf ihrem Rezeptionstisch, im Wohnzimmer. Schließlich stand sie vor der Tür zu Charles' Arbeitszimmer. Ein schwacher Lichtstrahl fiel unter der Tür durch und verriet, dass Charles noch auf war.

»Hallo?« Sie drückte leise die Klinke herunter.

Er schaute überrascht auf, als sei er soeben von einem Nickerchen aufgeschreckt oder in sein Buch vertieft gewesen. Charles las gern alte Western. Er hatte jedes einzelne Exemplar gelesen, das er ergattern konnte. Da sein Gedächtnis im Alter nachließ, wie er behauptete, las er sie alle noch einmal von vorn. Sollte er jemals an Alzheimer erkranken – was Gott verhindern möge –, so wäre er vollkommen glücklich, wenn er dieselben Bücher wieder und wieder lesen könnte.

»Ich wollte dich nicht stören.«

Er schenkte ihr ein breites Lächeln und klappte das Taschenbuch zu. »Du störst niemals, das weißt du doch.«

»Hast du vielleicht meinen Engel gesehen?«

Er blickte sie verwirrt an.

»Den Porzellanengel, der immer im Flur auf dem Tischchen steht. Er ist plötzlich verschwunden.«

Charles erhob sich von seinem Sessel. »Ja, ich erinnere mich an das gute Stück. Ein schöner Engel. Er scheint offensichtlich ausgeflogen zu sein, aber ich weiß beim besten Willen nicht, wohin.«

Doch Hanna war nicht nach Späßen zumute. »Vielleicht ist jemand aus Versehen an den Tisch gestoßen, und der Engel ist heruntergefallen und kaputtgegangen.« Sie dachte daran, wie Julia den kleinen Engel anfassen wollte und ihre Mutter sie daran gehindert hatte.

»Aber ohne etwas zu sagen?«

»Du hast recht, das ist eher unwahrscheinlich.« Sie dachte nach. »Glaubst du, jemand könnte ihn gestohlen haben?«

»Aber warum?«

»Immerhin ist er ein wertvolles Stück.«

»Ist er das?«

Sie zuckte die Achseln und bereute im selben Augenblick, dass sie es überhaupt erwähnt hatte. »Wahrscheinlich hat er für niemanden so einen Wert wie für mich.«

Charles sah sie an und setzte sich wieder hin. Sein Interesse war geweckt. »Ich glaube, ich habe dich nie gefragt, woher dieser Engel stammt. Mir ist, als wäre er schon immer da gewesen.«

Sie setzte sich in den Stuhl gegenüber. »Ich habe ihn von meiner Großmutter.«

»Ah …«

Charles wusste, dass Hannas Beziehung zu ihren Großeltern schwierig gewesen war und dass sie nicht gern darüber sprach. Doch sie erzählte jetzt von sich aus weiter: »Sie hat mir den Engel zu meinem sechzehnten Geburtstag geschenkt und unter anderem gesagt, dass es sich um ein wertvolles Stück handle und dass sein Wert mit den Jahren noch steigen würde. Ich sollte gut aufpassen, damit er nicht kaputtgeht.« Sie lächelte verlegen. »Ich war als Kind wie ein Elefant im Porzellanladen.«

»Vielleicht weil du immer schon groß für dein Alter warst.«

»Ja, das war ich.«

»Was glaubst du, wo der Engel sein könnte?«

Sie schüttelte den Kopf. »Ich habe keine Ahnung. Heute sind hier so viele Leute ein und aus gegangen. Aber ich denke, wenn der Engel zu Bruch gegangen wäre, hätte ich es doch hören müssen, oder nicht?«

Er nickte zustimmend.

»Glaubst du, jemand hat ihn gestohlen?« Sie hoffte, dass diese Vermutung nicht zutraf.

»Das kann ich einfach nicht glauben.«

»Nein«, sagte sie rasch, »ich auch nicht.«

»Vielleicht taucht er plötzlich wieder auf.«

»Ja, das kann gut sein.«

Im selben Augenblick spürte Hanna, wie ein furchtbarer Gedanke sie durchzuckte. Vielleicht gab es einen Dieb in ihrem Haus oder unter den Besuchern. Die meisten Leute würden wohl mit dem Finger auf Collin und Amy Schuster zeigen. Was wusste sie schon von ihnen? Sie waren praktisch wildfremde Menschen und sie könnten das Geld sicher gebrauchen. Doch wären sie nach all dem, was Charles und sie für sie getan hatten, zu so einem Diebstahl fähig? Sie schob den Gedanken energisch beiseite.

## *13. Erinnerungen*

Am Freitagmorgen stand Hanna besonders früh auf. Im Kopf hatte sie bereits eine Liste aller noch zu erledigenden Dinge und hoffte, sie konnte sie zu Papier bringen, bevor sie die Hälfte vergessen hatte. Als sie den Flur entlangging, blieb sie kurz an dem Mahagoni-Tischchen stehen, wie um sich zu vergewissern, dass der Porzellanengel wirklich nicht da war. Gestern Abend im Bett hatte sie fast an ihrem Verstand gezweifelt und sich gefragt, ob sie sich das Ganze vielleicht nur eingebildet hatte. Doch der Engel fehlte immer noch. Sie ließ die Finger über die polierte Tischplatte gleiten und bückte sich sogar, um auf dem Boden nach möglichen abgesplitterten Porzellanteilchen zu tasten, doch außer dem zwei Tage alten Staub förderte sie nichts zutage.

Sie versuchte, den Engel ein für alle Mal aus ihrem Gedächtnis zu verbannen. Aber während sie am Küchentisch ihre Liste schrieb und später, als sie in ihrem Andachtsbuch las, kehrten ihre Gedanken immer wieder zu dem Engel zurück. Gleichzeitig musste sie an ihre Großmutter denken. Anders als sonst erinnerte sie sich plötzlich an ihre guten Seiten. Von ihr hatte Hanna zum Beispiel gelernt, früh aufzustehen. Und wie nützlich es war, Listen zu schreiben.

Während sie die Zutaten für den Waffelteig mischte, dachte sie daran, wie ihre Großmutter ihr beigebracht hatte, wie man backte, kochte, nähte und den Haushalt führte. Obwohl ihre Großeltern wohlhabend genug gewesen waren, um sich eine Haushaltshilfe zu leisten, bestand ihre Großmutter darauf, diese Arbeiten selbst zu tun, nicht zuletzt um Geld zu sparen. »So bin ich eben aufgewachsen«, hatte sie Hanna einmal anvertraut. »Meine Mutter war eine gestandene Frau aus der alten Zeit, sie lehrte uns Genügsamkeit und wie man im Leben zurechtkommt.«

Im Laufe des Vormittags wurde Hanna mehr und mehr bewusst, wie viel sie ihrer Großmutter zu verdanken hatte.

Zum ersten Mal seit langer Zeit empfand sie ein tiefes Gefühl der Liebe und Dankbarkeit für sie. Dann wanderten ihre Gedanken zu ihrem Großvater, und sie dachte an seine gütige Art, seine sanfte, leise Stimme und seinen feinen Humor. Sicher war es auch für ihre Großeltern keine einfache Situation gewesen, als Hannas Eltern bei dem Autounfall ums Leben gekommen waren und sie plötzlich mit den Bedürfnissen eines Kleinkindes konfrontiert waren. Oft hatte Hanna ihre Großeltern als stur und altmodisch empfunden, aber schließlich gehörten sie einer anderen Generation an und waren schon lange aus der Übung, was Kindererziehung anging. Deutlich wie nie zuvor erkannte sie, dass ihre Großeltern immer das Beste für sie gewollt hatten. Warum hatte sie das früher nie bemerkt?

Hanna stellte plötzlich fest, dass sie weinte. Sie hoffte, dass keine Tränen in den Teig gefallen waren, in dem sie mechanisch weiterrührte. Sie stellte die Schüssel beiseite und wischte sich mit einem Papiertuch über das Gesicht. Sie fühlte sich seltsam erleichtert. Dies waren keine Tränen der Trauer und Bitterkeit, sondern heilsame, reinigende Tränen. Loslassen können, Tatsachen annehmen, die nicht mehr zu ändern waren, und dabei erkennen, wie viel Grund zur Dankbarkeit sie hatte – war das nicht das Wichtigste?

Als sie mit den Frühstücksvorbereitungen fertig war, fühlte sie sich, als sei eine schwere Last von ihr abgefallen. Und sie wusste, selbst wenn sie den kleinen Porzellanengel nie mehr wiedersehen würde, so hatte er doch seine Aufgabe erfüllt.

»Brauchst du noch Hilfe?« Charles kam von seinem morgendlichen Spaziergang zurück und hängte Mantel und Schal an den Haken. Hanna goss ihm eine Tasse Kaffee ein. »Danke, ich glaube, es ist alles fertig.« Sie wollte ihm von ihrer inneren Wandlung erzählen, beschloss jedoch, es auf später zu verschieben, wenn sie mehr Zeit und Ruhe hatten. Jetzt musste sie sich auf den Tagesablauf konzentrieren und darauf, dass alles reibungslos klappte: Frühstück servieren, abräumen und dann mit Helen die letzten Vorbereitungen für die Party treffen.

Nach dem gestrigen Abend hatte Hanna schon befürchtet, dass Mr Benson es sich noch einmal überlegen würde, ob er für Myrtle den Chauffeur spielen wollte. Deshalb war sie nicht überrascht, als sie die beiden am Frühstückstisch darüber diskutieren hörte, während sie gerade eine Schale mit Obst auf den Tisch stellte.

»Es tut mir leid, aber ich glaube, das war keine gute Idee«, sagte Mr Benson.

»Sie wollen doch jetzt keinen Rückzieher machen?« Myrtle fixierte ihn mit entschlossenem Blick.

»Ich dachte bloß …«

»Und ich dachte, Sie seien ein Mann, der zu seinem Wort steht.«

»Na schön«, gab er sich geschlagen, »dann fahre ich Sie eben.«

Hanna musste unwillkürlich lächeln, als sie zurück in die Küche ging, um mehr Waffeln zu holen. Der arme Mr Benson. Gegen jemanden wie Myrtle hatte er keine Chance.

Nervös blickte sie auf die Uhr. Sie wollte nicht den Anschein erwecken, dass sie ihre Gäste zur Eile antrieb, doch sie war sehr erleichtert, als die letzten kurz vor neun Uhr das Esszimmer verließen. Rasch räumte sie die Reste ab, bevor sie sich erneut in die Küche begab, um das Büfett für die Party vorzubereiten. Helen war bereits im Wohnzimmer mit der Dekoration beschäftigt, schob Möbelstücke beiseite und rückte Stühle zurecht.

Da sich die männlichen Gäste zu der Baby-Party nicht eingeladen fühlten, verdrückten sie sich still und leise, während die Frauen ihre Hilfe in der Küche und beim Dekorieren anboten. Die fünfjährige Julia führte einen Freudentanz auf, als sie die blauen und rosa Krepppapier-Streifen im Türrahmen hängen sah.

Gegen zehn Uhr trafen die ersten Gäste ein. Es waren größtenteils Frauen aus der Gemeinde und ein paar Damen aus Helens Bridge-Runde. Sogar die Frau des Bürgermeisters gab sich die Ehre. Zusammen mit den Hausgästen – außer Myrtle, die durch Abwesenheit glänzte, worüber Hanna nicht allzu traurig war – waren es dreiundzwanzig Frauen. *Nicht schlecht*, dachte

Hanna, *und das kurz vor Weihnachten*, während sie ein weiteres Geschenk auf den beachtlichen Stapel legte. *Und wenn man bedenkt, dass Amy Schuster für die meisten Frauen eine Fremde ist.* Sie vermutete, dass einige von ihnen aus purer Neugier gekommen waren, um mit eigenen Augen zu sehen, was für seltsame Leute in dem alten Bus hausten, über den man sich im Städtchen das Maul zerriss. Andere waren wahrscheinlich von Helen, die einen großen Einfluss in der Gemeinde hatte, zur Teilnahme genötigt worden.

Helen hinkte an ihrem Stock umher und fühlte sich sichtlich wohl in der Rolle der Gastgeberin. Sie begrüßte die Neuankömmlinge, stellte sie Amy vor und hatte ein paar beliebte Partyspiele vorbereitet, bei denen es sogar Preise zu gewinnen gab. Die Servietten und Pappteller mit Babymotiven waren vielleicht nicht mehr ganz zeitgemäß und älter als die werdende Mutter, aber trotzdem nett anzusehen. Alle bewunderten die Torte mit der kunstvollen Verzierung – ein Babybettchen mit duftigen Rüschen, das keinerlei Ähnlichkeit mit einem VW-Bus aufwies. Hanna lobte Leslies Werk, und die junge Frau errötete, als sie plötzlich im Mittelpunkt des allgemeinen Interesses stand.

»Sie sollten hierbleiben, Leslie«, sagte Betty Morris, die Inhaberin des Süßwarenladens. »Jemanden wie Sie könnte ich in meinem Geschäft gut gebrauchen.« Leslie lachte und erwiderte, sie könne sich keinen idyllischeren Ort zum Leben vorstellen als Christmas Valley. Die Damen lächelten geschmeichelt, besonders die Frau des Bürgermeisters, die jedes Kompliment an die Stadt auf sich persönlich bezog.

Hanna sah, dass Amy von der Fülle der Geschenke völlig erschlagen war. Doch sie öffnete jedes Einzelne mit einem strahlenden Lächeln und bedankte sich überschwänglich bei allen Anwesenden. Es waren wirklich wunderschöne, praktische Sachen dabei, die sie sicherlich gut gebrauchen konnte.

Es war kaum eine Stunde vergangen, als sich die ersten Frauen bereits mit Worten wie »Ich muss noch Weihnachtsgeschenke einpacken« oder »Ich bin noch nicht fertig mit Backen« zu verabschieden begannen. Während sie den Damen freundlich in die Mäntel half und sich für ihr Kommen bedankte, konnte sich Hanna des Gedankens nicht erwehren, dass es gar nicht so dumm war, wenn man solche Partys kurz vor Weihnachten veranstaltete.

Olive, die neben ihr stand, ließ es sich nicht nehmen, noch einmal für das Krippenspiel zu werben. »Die Kinder haben so eifrig geprobt«, sagte sie, »Sie müssen unbedingt kommen!«

Beinahe verspürte Hanna Mitleid mit Olive. In den letzten Jahren waren die Besucherzahlen beim Krippenspiel mehr und mehr zurückgegangen, selbst als Judy noch Regie führte. Und sie hoffte, dass Olive nicht allzu enttäuscht sein würde, falls die Kirche heute Abend nur zur Hälfte besetzt sein sollte.

Schließlich hatten sämtliche Gäste das Haus verlassen. Zuletzt stieg Helen draußen auf ihren Stock gestützt vorsichtig die Stufen hinunter, wobei Hanna sie fest unterhakte. Es hätte noch gefehlt, dass Helen ein zweites Mal ausrutschte, diesmal womöglich auf der vereisten Treppe ihrer Veranda.

»Danke für die wunderbare Party«, sagte Hanna, als sie glücklich unten angekommen waren. »Amy Schuster hat sich so gefreut.«

Helen lächelte. »Ja, nicht wahr?«

»Nun kann das Baby bald kommen.«

»Hoffen wir, nicht allzu bald. Doch wenn sie plötzlich Hilfe brauchen sollte, ruf mich bitte an, ja?«

»Bist du sicher, Helen? Mit deinem kaputten Knie hast du genug mit dir zu tun. Und ich hoffe wirklich, das Baby wartet, bis sie in Kalifornien sind.«

Inzwischen hatten sie Helens Auto erreicht. »Ich meine es ernst, Hanna. Du weißt doch, dass Dr. Martin verreist ist –

und außerdem habe ich schon viele Babys zur Welt gebracht. Allerdings ist mir schleierhaft, warum Amy so versessen auf eine Hausgeburt ist – in diesem Fall sollte man wohl besser sagen, *Busgeburt.*«

»Sie sind nicht krankenversichert«, gab Hanna zu bedenken. »Und sie haben kein Geld.«

»Ich weiß. Aber was glaubst du, wie viele Unversicherte sich im Krankenhaus behandeln lassen und nicht den blassesten Schimmer haben, wie sie jemals für die Kosten aufkommen sollen? Nicht, dass ich diese Methode gutheiße, aber es kommt immer wieder vor.«

»Vielleicht ist das bei Amy und Collin Schuster anders. Sie sind wahrscheinlich grundehrliche Menschen.«

Helen lachte. »Auch wenn sie nicht so aussehen, nicht wahr?«

»Glaubst du nicht, die Leute haben damals dasselbe über Maria und Josef gedacht? Als sie auf ihrem Esel durch Bethlehem ritten und sich nach einer Herberge umsahen, staubig und abgerissen, wie sie waren?«

»Mag sein«, erwiderte Helen nachdenklich, doch dann setzte sie schnell hinzu: »Auf jeden Fall soll Amy Schuster sich erst einmal gut ausruhen. Die Party war bestimmt anstrengend für sie. Außerdem finde ich es bedenklich, dass sie während ihrer gesamten Schwangerschaft keine oder keine ausreichende Vorsorgeuntersuchung erhalten hat. Versicherung hin oder her, sie sollte einen Frauenarzt oder eine Hebamme aufsuchen, bevor das Baby kommt.«

»Das liegt nicht in unserer Hand, Helen. Doch ich werde ihr sagen, dass sie sich schonen soll.«

Als Hanna ins Haus zurückkam, war Collin bereits da, um Amy abzuholen. Voll beladen mit Geschenken, machten sich die beiden auf den Weg zum Bus.

»Es war toll«, strahlte Amy. »Aber mein Rücken bringt mich um. Ich werde mich erst mal eine Weile hinlegen.«

»Das wird das Beste sein.«

»Und vielen Dank noch mal für alles!«, rief Amy über die Schulter.

Hanna wunderte sich, dass Collin überhaupt nichts gesagt hatte. Kein Wort des Dankes für die Party oder die Babysachen. Immerhin ging es hier auch um sein Kind.

Der Gedanke an den verschwundenen Porzellanengel drängte sich ihr wieder auf, doch sie schob ihn rasch beiseite. Sie wollte sich nicht hineinsteigern oder gar einen Unschuldigen verdächtigen. Wie Charles gesagt hatte, würde der Engel wahrscheinlich von selbst wieder auftauchen.

* * *

Am Spätnachmittag stellte Hanna erfreut fest, dass sie mit den Aufräumarbeiten nach der Party früher fertig geworden war als erwartet. Sogar der Braten für das Abendessen war schon im Ofen. Sie beschloss, die Zeit zu nutzen und ihren Kindern eine Mail zu schreiben. Sonst schrieb sie fast jeden zweiten Tag, wozu sie in dieser turbulenten Woche allerdings nicht gekommen war.

Zu ihrer Freude waren Mails von allen vier Kindern gekommen, sogar von Krista aus Hawaii. Alle beteuerten, wie schade es sei, dass sie Weihnachten nicht zusammen verbringen konnten. Bis auf Krista hatten alle Hannas Pakete noch rechtzeitig erhalten, doch sie wurde – ihren begeisterten Zeilen nach zu urteilen – durch den traumhaften Urlaub auf Maui, einer zu Hawaii gehörenden Insel, gebührend entschädigt.

Hanna las die Mails aufmerksam durch und druckte die mitgeschickten Fotos aus, um sie später Charles zu zeigen. Die Errungenschaften der modernen Technik erfüllten sie immer wieder mit ehrfürchtigem Staunen. Sie legte die Ausdrucke vor sich auf den Tisch und betrachtete das Foto der neunjährigen

Jessica bei ihrer Weihnachtsaufführung, das von Patrick im Santa-Claus-Kostüm und mit schiefem Bart bei der Kindergarten-Weihnachtsfeier und das der kleinen Lena im roten Samtkleidchen. Und da war Krista unter Palmen am Strand, bezaubernd anzusehen in einem bunten Sommerkleid. Hanna hoffte, sie hatte an ausreichenden Sonnenschutz gedacht, denn niemand holte sich so leicht einen Sonnenbrand wie Krista.

Sie hörte Geräusche in der Eingangshalle und klickte rasch auf »Senden«. Es war eine ziemlich lange Mail geworden, die mit den Worten endete: »Es ist zwar nicht dasselbe, als wenn ich zu Weihnachten meine eigene Familie um mich hätte, aber ich muss sagen, es ist eine interessante Erfahrung. Nächstes Mal mehr davon. Seid lieb umarmt, eure Mama.«

Hanna schaltete den Computer aus und trat auf den Flur.

»Ach, da sind Sie ja«, sagte Myrtle. »Haben Sie mich nicht rufen hören?« Sie stellte zwei riesige Einkaufstüten aus dem Haushaltswarenladen auf den Tisch. Mr Benson stellte zwei weitere Tüten daneben. Er warf Hanna einen kurzen Seitenblick zu. Sie bemerkte ein leichtes Augenrollen. »Wenn die Damen mich jetzt entschuldigen wollen«, presste er hervor, und Hanna entging nicht, dass er sich nur mühsam beherrschte. »Ich würde mich gern in mein Zimmer zurückziehen und mich ausruhen.«

»Bitte, natürlich.« Hanna empfand Mitleid mit dem armen Mann.

Myrtle schüttelte unwillig den Kopf. »Du meine Güte, man könnte glauben, ich hätte ihn zum Mitkommen gezwungen.«

Hanna schluckte eine Antwort herunter und deutete auf das Chaos auf dem Esszimmertisch. »Was ist denn das?«

»Etwas für das Krippenspiel«, klärte Myrtle sie auf.

»Warum bringen Sie die Sachen nicht rüber in die Kirche?«

»Das würde Olive vielleicht nicht in den Kram passen.«

Hannas Neugier war geweckt. »Darf ich mal sehen?«

»Nein. Nur ein paar Requisiten, damit das Ganze realistischer wirkt. Vor zweitausend Jahren gab es schließlich noch keine Elektrizität.«

Hanna erhaschte einen flüchtigen Blick in eine der Tüten, die so etwas wie Campinglaternen enthielt, Petroleumlampen vielleicht. Was hatte sich Myrtle dabei gedacht? Vor ihrem inneren Auge sah Hanna bereits kleine Kinder, die sich an dem heißen Metall die Finger verbrannten. Und feuergefährliche Substanzen in der Kirche? Womöglich ging noch das ganze Gebäude in Flammen auf. »Finden Sie nicht, dass solche Laternen in der Kirche ein bisschen gefährlich sind?«

»Die Lampen sind nicht für die Kirche, sondern für später.«

»So, später?«

»Ja, später.«

Hanna wusste immer noch nicht, was Myrtle vorhatte, und aus der alten Dame war nichts herauszukriegen. »Das heißt, Sie werden die Kinder also nicht in der Kirche mit Laternen hantieren lassen?«

»Natürlich nicht.«

»Aber wofür brauchen Sie sie dann?«

Myrtle machte eine vage Handbewegung. »Sie werden schon sehen. Also, ich habe noch eine Menge zu tun, bevor der Tag zu Ende geht, und mir tun die Füße weh. Ich muss mich ein bisschen ausruhen und die Beine hochlegen.« Sie ließ die ratlose Hanna stehen und die vier Tüten auf dem Tisch.

Hanna sah ihr kopfschüttelnd nach, dann ergriff sie die Tüten und stopfte sie in einen kleinen Vorratsschrank unter der Treppe. Waren sie erst einmal aus dem Blickfeld, würde Myrtle sie vielleicht einfach vergessen.

# 14. *Ein unvergesslicher Abend*

»Hanna!« Es war Charles und in seiner Stimme schwang eine gewisse Dringlichkeit mit.

»Ich bin hier!«, rief sie aus der Küche, wo sie damit beschäftigt war, Gebäck für den Kirchkaffee nach dem Krippenspiel einzupacken.

»Hast du *das* gesehen?« Charles kam atemlos durch die Tür.

»Was denn?« Als sie sich umdrehte, sah sie, dass er mit einer Art Flugblatt herumwedelte.

»Das hier!« Er hielt ihr das Papier unter die Nase und fuhr sich mit der Hand durch die Haare, eine Geste, die er nur machte, wenn er sehr erregt war – etwa bei Ärger in der Gemeinde oder damals mit den Kindern. Allerdings hatte sie die Geste schon lange nicht mehr an ihm gesehen.

Neugierig studierte sie den blassgrünen Zettel mit den handgeschriebenen Zeilen. Er wirkte nicht besonders professionell, eher so, als stamme er aus der Feder eines Kindes. Es war eine Einladung zum Krippenspiel. Das Besondere daran war der Hinweis auf die Mitwirkung lebender Tiere bei der Aufführung, die es unter anderem auch nach dem Gottesdienst in einer realistischen Krippenszene zu bestaunen gebe. Darunter befand sich eine ziemlich laienhafte Zeichnung einer Krippe – mit Maria und Josef und diversen Vierbeinern –, wobei der Esel eher einem Miniatur-Elefanten glich. Vielleicht sollte es auch ein Ochse sein.

»Tiere in unserer Kirche!« Charles machte ein bestürztes Gesicht. »Und niemand hat mich darüber informiert.«

»Ich war dabei, als Myrtle und Olive sich über dieses Thema die Köpfe heißredeten«, gestand Hanna, »doch ich war sicher, dass Olive dem einen Riegel vorschieben würde.«

»Und wer hat dann diesen Zettel verfasst?«

»Das wüsste ich auch gern.« Natürlich hatte Hanna einen Verdacht. Vorsichtig sagte sie: »Es sieht aus, als ob ein Kind das geschrieben und gezeichnet hätte … oder vielleicht Myrtle.«

»Natürlich, Myrtle! Wo ist sie?« In Charles' Stimme lag ein drohender Unterton, den Hanna von ihrem Mann nicht gewohnt war.

Sie sah ihn beunruhigt von der Seite an und sagte beschwichtigend: »Charles, das ist nur eine Vermutung. Wir können Myrtle nicht zur Rechenschaft ziehen, wenn wir nicht einmal wissen, ob sie es überhaupt gewesen ist.«

Er ließ sich mutlos auf einen Küchenstuhl fallen. »Ich weiß, Liebes. Du hast wie immer recht. Ich habe schon das Gefühl, allmählich verrückt zu werden, bei dem ganzen Gerede in der Stadt, dem Bus vor unserer Tür und Myrtles verrückten Eskapaden. Was sollen wir denn jetzt tun?«

Sie trat zu ihm und legte ihre Hand auf seine Schulter. »Dir fällt doch immer etwas ein.«

Er stieß einen resignierten Seufzer aus. »Du weißt ja, dass Olive geäußert hat, ich sei langsam zu alt für das Pastorenamt. Sie denkt, ich passe nicht mehr in die heutige Zeit und dass ich den Draht zur Gemeinde verloren habe. Wahrscheinlich hat sie recht.«

»Nein, Charles, das hat sie nicht. Es ist nur, dass … Naja, dass in letzter Zeit die merkwürdigsten Dinge passieren.« Unwillkürlich musste sie lachen. »Seit du deine Predigt über Gastfreundschaft gehalten hast, ist nichts mehr, wie es war.«

Er nickte. »Das stimmt.« Und nach einer Pause fügte er hinzu: »Vielleicht hat Gott ja dabei seine Hand im Spiel. Aber, im Ernst, was würdest du an meiner Stelle tun?«

Hanna dachte nach. »Wenn du Olive anrufst, regt sie sich vielleicht nur unnötig auf. Ich glaube, Myrtle ist oben in ihrem Zimmer. Vielleicht sollten wir bei ihr anfangen und ihr ein paar Fragen stellen.«

Sie gingen hinauf und klopften an Myrtles Zimmertür, doch alles blieb still. Hanna sah auf die Uhr. Es war kurz vor vier. »Merkwürdig. Sie sagte, sie habe heute noch so viel zu tun – was immer das heißt …«

»Ist alles in Ordnung?« Es war Michael Thomas, der mit Melanie die Treppe heraufkam.

»Hoffentlich«, erwiderte Hanna. »Wir machen uns Sorgen um Myrtle.«

Michael nickte und Hanna glaubte, den Anflug eines wissenden Lächelns in seinem Gesicht zu sehen.

»Haben Sie eine Ahnung, wo sie sein könnte?«, fragte Charles.

Michaels Mundwinkel zuckten verräterisch. »Ja, schon … Aber ich darf nichts verraten.«

»Michael!« Er erntete einen halb irritierten, halb tadelnden Blick seiner Frau. »Was soll das heißen?«

»Es hat mit dem kleinen Ausflug zu tun, den Myrtle und ich gestern unternommen haben.«

»Ach ja?« Melanie sah ihn skeptisch an.

»Aber ich musste ihr versprechen, dass kein Wort über meine Lippen kommt.«

Charles hielt das grüne Flugblatt hoch. »Hat es irgendetwas *damit* zu tun?«

Michael grinste verlegen. »Es besteht kein Grund zur Besorgnis, wirklich. Myrtle hat alles bestens organisiert. Mehr kann und will ich nicht sagen, aber ich bin sicher: Wenn alles glattgeht, wird es ein unvergesslicher Abend.«

»Wenn alles glattgeht?«, wiederholte Charles mit matter Stimme. »Und wenn nicht?«

»Bitte, Pastor Gordon«, beschwichtigte ihn Michael. »Wie Sie in Ihrer Predigt am Mittwoch sagten: Das Wichtigste ist, dass wir Gott *vertrauen*.«

Charles musste sich geschlagen geben.

Hanna dagegen hegte noch immer Zweifel. Natürlich vertraute sie Gott, aber Myrtle misstraute sie zutiefst. Für den Bruchteil einer Sekunde war sie versucht, Charles von den Petroleumlaternen zu erzählen, doch sie verwarf den Gedanken wieder. Ihr armer Mann hatte gerade genug Sorgen.

Während sie die Treppe hinuntergingen, meinte er kopfschüttelnd: »Weißt du, vielleicht sollte ich mich deswegen nicht verrückt machen. Ich bin schließlich nicht für das Krippenspiel verantwortlich. Ein Pastor kann nicht für alles zuständig sein, deshalb delegiere ich gewisse Dinge. Und trotzdem ...« Er drehte sich um und schaute Hanna an.

»Ich glaube, ich rufe Hal Berry an und bitte ihn, wenn diese Flugblätter in der Stadt kursieren, sie aus dem Verkehr zu ziehen. Und danach bete ich in meinem Arbeitszimmer über die Sache.«

»Ja«, stimmte Hanna zu, »ich glaube, das ist eine weise Entscheidung.« Und sie fuhr fort: »Wenn wir gegen fünf essen, bleibt uns noch genug Zeit, um vorher drüben nach dem Rechten zu sehen und zu helfen, falls wir gebraucht werden.« Die aktive Mitwirkung beim Krippenspiel hatte sich für Hanna seit der Zeit erledigt, seit ihre Kinder aus dem Alter heraus waren, und sie war froh darüber. Als dann Judy die Regie übernommen hatte, war für Hanna das Kapitel »Krippenspiel« abgeschlossen gewesen und sie hatte nicht gedacht, dass es sie noch einmal einholen würde.

Auf einmal kam ihr ein Gedanke. Hatte Olive nicht gesagt, Judy würde rechtzeitig zum Krippenspiel anreisen? Bestimmt waren sie und ihre Familie inzwischen in Christmas Valley eingetroffen. Vielleicht sollte sie Judy anrufen und sie vorwarnen oder um Rat fragen?

Sie ging zum Telefon und wählte Olives Nummer. Zu ihrer Erleichterung nahm Judy selbst den Hörer ab. Nach dem Austausch der üblichen Höflichkeiten kam Hanna zum Thema.

»Judy, es tut mir leid, aber ich möchte dich darauf vorbereiten, dass das Krippenspiel heute vielleicht … Nun, etwas anders wird als sonst.«

»Meinst du wegen der Tiere?«

»Du weißt schon davon?«

»Mutter und ich haben in der Stadt so ein Flugblatt gesehen. Mutter war außer sich. Ich glaube, sie ist auf dem Weg zur Kirche oder zu Ihnen, auf der Suche nach einer verrückten alten Frau namens Myrtle. Ehrlich gesagt, das Ganze klang so absurd, dass ich es zuerst gar nicht glauben wollte und schon fast den Verdacht hegte, meine Mutter wird langsam senil. Wer zum Kuckuck ist eigentlich diese Myrtle?«

Hanna versuchte sich an einer Erklärung, sah aber bald ein, dass es beinahe unmöglich war, Myrtle jemandem zu beschreiben, der ihr noch nie begegnet war. »Worum ich dich vor allem bitten wollte, Judy, ist, ob du vielleicht einspringen und uns helfen könntest, falls die Dinge heute Abend ein bisschen, nun ja …«

»Aus dem Ruder laufen?«

»Ja. Ich habe vorhin mit einem Gast gesprochen, er wusste aus sicherer Quelle, dass Myrtle vorhat, die Aufführung mit lebenden Tieren durchzuführen. Wie sie es geschafft hat, das zu organisieren, weiß nur Gott. Ich möchte keineswegs, dass deine Mutter sich übermäßig aufregt – und dann sind da noch die Kinder …«

»Ich verstehe dich, Hanna. Du kannst auf mich zählen. Ich hatte sowieso geplant, Mutter zu unterstützen, falls Not am Mann ist. Und, ehrlich gesagt, ich finde die Idee mit den Tieren gar nicht so schlecht. Ich habe vor einigen Jahren selbst schon daran gedacht, doch das Ganze war so aufwendig, dass nie etwas daraus wurde. Wenn deine Myrtle das auf die Beine stellen kann, prima. Dann helfe ich gern, damit alles glattgeht.«

»Judy, du bist wirklich ein Engel!«

Sie hörte Judy am anderen Ende der Leitung lachen. »Schön, dass du so von mir denkst. Ich glaube, meine Mutter ist da anderer Meinung, vor allem wird sie es sein, wenn sie merkt, dass ich den Plan mit den Tieren gut finde.«

»Das könnte sein. Aber am wichtigsten sind schließlich die Kinder, oder? Dies ist ihre Aufführung und ihr Abend, und ich möchte nicht, dass es für sie eine Enttäuschung wird.«

»Das möchte ich auch nicht, Hanna.«

Als sie den Hörer auflegte, fühlte sich Hanna schon viel besser. Sobald Charles aus der Versenkung auftauchte, würde sie ihm von ihrem Gespräch mit Judy erzählen.

»Hanna?«

Das musste Olive sein. Hanna atmete tief durch und ging zur Tür.

Olive fuchtelte wutentbrannt mit dem hellgrünen Faltblatt herum. Ihr Ärger entlud sich, bevor Hanna ein Wort sagen konnte. »Kannst du mir sagen, was hier eigentlich vorgeht? Dies kann nur auf Myrtles Mist gewachsen sein! Wo ist diese Person?«

»Olive«, sagte Hanna so ruhig wie möglich, »nun komm erst einmal herein und setz dich. Ich habe gerade eine Kanne Pfefferminztee gekocht, und du siehst aus, als könntest du eine Tasse vertragen. Komm, lass mich deinen Mantel aufhängen.«

»Aber Hanna!« Olive schälte sich widerstrebend aus dem Mantel. »Das ist eine ernste Angelegenheit!«

»Komm herein und beruhige dich erst einmal.«

In der Küche fuhr Olive fort, sich darüber auszulassen, was für eine schreckliche Katastrophe der heutige Abend werden würde. Hanna goss Tee ein und machte einen Teller mit Plätzchen zurecht.

»Ich sage dir, dieser Myrtle muss das Handwerk gelegt werden, sonst gibt es heute noch Mord und Totschlag!«

»Oh, Olive.« Hanna stellte den Teller und die Teetasse auf den Tisch. »Glaubst du nicht, du übertreibst ein bisschen?«

»Ich übertreibe?«

»Also, wenn es dich beruhigt, Charles und ich stehen selbstverständlich zur Verfügung, falls du uns brauchst – und einige andere Helfer auch.« Das Gespräch mit Judy verschwieg sie lieber, um Olive nicht zu kränken. Sie wollte nicht den Anschein erwecken, als traue sie ihr nicht zu, ihre Aufgabe zu bewältigen. »Außerdem bin ich überzeugt, dass alles bestens klappen wird.«

»Aber dieses Flugblatt!« Olive wedelte hektisch mit dem Papier. »Weiß der Himmel, wie viele davon sie verteilt hat!«

»Mach dich deswegen nicht verrückt, Olive. Erstens ist Hal Berry unterwegs und sammelt sämtliche Flugblätter und Plakate ein, die er in der Stadt findet. Und zweitens weißt du selbst, wie wenig Beachtung solche Handzettel finden, besonders in der Zeit kurz vor Weihnachten, die ohnehin vollgestopft ist mit Terminen und Veranstaltungen. Außerdem sehen diese Zettel alles andere als offiziell aus. Kaum jemand wird so etwas ernst nehmen.«

»Meinst du wirklich?« Olives Züge entspannten sich ein wenig, und sie führte nachdenklich ihre Teetasse zum Mund.

»Ja, absolut. Und obendrein sitzt Charles gerade in seinem Arbeitszimmer und betet dafür, dass der heutige Abend keine Katastrophe wird.«

»Hhm.« Olive schien nicht sonderlich beeindruckt. »Vielleicht wäre es besser, er würde rauskommen und die verrückte Myrtle in ihre Schranken weisen.«

Hanna wollte Olive widersprechen, doch sie schluckte ihren Kommentar herunter und sagte schlicht: »Myrtle ist nicht da.«

»Oh.«

»Und ich habe keine Ahnung, wo sie sein könnte.«

»Also in der Kirche war sie nicht, denn dort habe ich zuerst nachgesehen. Vielleicht ist sie plötzlich abgereist? Möglicherweise hat sie kalte Füße bekommen und lässt uns hier mit dem ganzen Schlamassel sitzen.«

Hanna zuckte die Achseln. »Möglich ist alles. Andererseits – das glaube ich nicht.«

Schweigend tranken sie ihren Tee zu Ende. Olive hatte sich etwas beruhigt, schien aber immer noch bedrückt. Nach einer Weile verabschiedete sie sich mit den Worten, sie müsse in der Kirche noch etwas vorbereiten.

»Wenn ich gleich die Plätzchen rüberbringe«, sagte Hanna, »soll ich bleiben und dir helfen?«

Olive machte eine abwehrende Handbewegung. »Lass nur, ich komme schon zurecht. Aber wenn du mir Myrtle vom Leib halten könntest – das wäre die größte Hilfe. Wenn sie sich bei mir blicken lässt, kann ich für nichts garantieren! Also, wenn du plötzlich Schreie aus der Kirche hörst …«

»Olive!« Hanna sah sie strafend an.

»Man wird ja noch einen Spaß machen dürfen.«

* * *

Später, als sie mit dem Abendessen fertig waren, bemerkte Hanna einen riesigen Lieferwagen, der auf der gegenüberliegenden Straßenseite parkte. Abgesehen von Collins und Amys Bus, der merkwürdig genug war, und einem gelegentlichen Umzugswagen verirrten sich derartige Fahrzeuge normalerweise nicht in ihre kleine Straße. Hanna ging zum Wohnzimmerfenster, um den Wagen besser sehen zu können.

»Sieht aus wie ein Viehtransporter«, sagte sie zu Charles, der sich neben sie gestellt hatte. »Kannst du irgendetwas erkennen?«

»Nicht so richtig. Ich gehe mal rüber«, sagte er.

»Soll ich mitkommen?«

»Nein, bleib ruhig hier. Wenn ich Hilfe brauche, hole ich einen der Männer.«

Hanna nickte und kehrte in die Küche zurück. Was war das

bloß für ein seltsamer Abend! Während sie den Tisch abräumte und das Geschirr in die Spülmaschine stellte, betete sie, dass Gott über dem Krippenspiel wachen möge und über allem, was heute noch passierte.

Schließlich hielt sie die Spannung nicht länger aus. Sie ging ins Bad, um sich frisch zu machen, zog Mantel, Schal und Stiefel an und marschierte zur Kirche hinüber.

Zu ihrem Erstaunen sah sie, dass Charles, von dem sie erwartet hatte, dass er für Ordnung sorgte und diesen Leute, wer immer sie waren, einmal richtig Bescheid sagte, nichts dergleichen unternahm. Stattdessen hielt er einen Strick in der Hand, an dessen anderem Ende sich ein Esel befand.

»Hanna, komm mal her«, hörte sie ihn sagen, »fühl mal, was der Bursche für eine weiche Nase hat.«

Gehorsam zog sie einen Handschuh aus und streichelte die samtigen, warmen Nüstern des Tieres. »Sehr weich.« Sie bedachte ihren Mann mit einem neugierigen Seitenblick und flüsterte ihm zu: »Was soll das? Hast du ihnen etwa erlaubt zu bleiben?«

»Ich habe mich soeben mit dem Besitzer bekannt gemacht, George Brown. Ihm gehört die kleine Farm südlich von hier.«

»Du meinst ›Browns Eier‹«?

»Ja, er hält Hühner, aber auch andere Tiere. Jedenfalls ist er sehr nett und anscheinend ein Bekannter von Myrtle – Gott allein weiß, woher sie sich kennen. Er hat die ganze Mühe auf sich genommen, die Tiere einzuladen und herzufahren, und das bei dem Wetter. Außerdem hat Myrtle seiner kleinen Tochter versprochen, dass sie heute Abend einen Engel spielen dürfe. George hat alles dabei, auch Strohballen und Gatter für die Tiergehege. Weißt du, ich bringe es einfach nicht übers Herz, ihn abzuweisen.« Er streichelte den Esel. »Das hier ist übrigens Buster. Er gehört seiner Tochter.« Mit einer Kopfbewegung deutete er auf den Platz neben der Kirche, wo Myrtle und ein kleines Mädchen gerade dabei waren, ein Schaf in sein Gehege zu treiben.

»Brauchen Sie noch Hilfe?« Sie drehten sich um und erblickten Michael und Melanie Thomas.

»Willkommen im Streichelzoo«, begrüßte sie Hanna.

»Sie hat es also wirklich geschafft«, sagte Michael und blickte staunend auf die Tiere.

»Vielleicht ist es noch zu früh für eine Prognose«, erwiderte Hanna, immer noch skeptisch. »Der Abend ist noch nicht vorüber … Wer weiß, welches Chaos uns noch beschert wird!«

»Sieht so aus, als könnte George noch Hilfe gebrauchen.« Michael ging zum Transporter und half, ein weiteres widerspenstiges Schaf ins Freie zu bugsieren. Charles folgte ihm, der Esel trottete brav hinterher.

»Michael hat mir von dem Besuch auf George Browns Farm erzählt«, wandte sich Melanie an Hanna. »Er liebt Tiere. Und er und George scheinen auf einer Wellenlänge zu sein.«

»Nun ja, George hat jedenfalls keine Mühe gescheut, die Tiere hierher zu bringen«, erwiderte Hanna und setzte ein Lächeln auf, obwohl sie die Begeisterung der anderen immer noch nicht teilte.

»Ich glaube, Myrtle könnte auch eine helfende Hand gebrauchen«, bemerkte Melanie und ging zum Schafgehege hinüber. Hanna kam sich allmählich reichlich überflüssig vor.

»Lieber Gott«, betete sie im Stillen, »bitte hilf, eine mittlere Katastrophe zu verhindern.«

»Was ist denn hier los?« Nun sah sie Leslie Winter und Julia durch den Schnee kommen. Im Licht der Scheinwerfer des Lastwagens sah sie ihre neugierigen Gesichter. Hanna schilderte die Lage, während Julia ungeduldig an der Hand ihrer Mutter zerrte und bettelte, die Tiere streicheln zu dürfen.

»Das darfst du sicher«, sagte Hanna. Und sie fügte hinzu: »Wenn es hier bloß nicht so dunkel wäre.« Plötzlich erinnerte sie sich an Myrtles Petroleumlampen. »Ich bin gleich zurück.«

Als sie zu Hause ankam, stand Mr Benson am Tisch mit den Erfrischungen und goss sich eine Tasse Kaffee ein. »Wie geht es Ihnen heute Abend?«, fragte Hanna.

»Danke, es geht.«

»Haben Sie gesehen, was drüben an der Kirche los ist?« Dabei schielte sie nervös zur Uhr auf dem Kaminsims. Olive konnte jeden Augenblick zurückkommen und ihrem Zorn freien Lauf lassen.

Er schaute aus dem Fenster. »Dann war das Ganze also kein Witz?«

»Ein Witz?«

»Die Sache mit dem Krippenspiel unter Mitwirkung lebender Tiere. Ich musste Myrtle kreuz und quer durch die Stadt kutschieren, damit sie ihre Flugblätter verteilen und aufhängen konnte. Als ich mir deren Inhalt genauer durchgelesen habe, habe ich versucht, sie von ihrem verrückten Vorhaben abzubringen, aber ohne Erfolg.«

»Da sind Sie anscheinend nicht der Einzige«, seufzte Hanna. »Jedenfalls muss ich jetzt ein paar Petroleumlampen hinüberbringen, damit man von den Tieren überhaupt etwas sehen kann.«

Mr Benson räusperte sich und setzte seine Tasse ab. »Das mit den Laternen war eigentlich meine Aufgabe.«

Hanna war erleichtert, das zu hören. Von dieser Pflicht befreit, ging sie auf ihr Zimmer, um sich noch einmal kurz hinzulegen. Bevor ihr die Augen zufielen, sprach sie noch einmal ein Stoßgebet, dass alles gut gehen und dass Olive nicht explodieren würde. Gleich darauf war sie eingeschlafen.

Als sie aufwachte, war es bereits kurz vor sieben. Hoffentlich hatte sie noch nichts verpasst! Sie warf sich den Mantel über, schlüpfte in die Stiefel und hastete aus der Tür. Erstaunt stellte sie fest, dass die ganze Straße zugeparkt war, so weit das Auge reichte; ein Zeichen dafür, dass der Parkplatz vor der Kirche bereits voll war. Ihr Herz tat einen kleinen Sprung, und sie war auf einmal aufgeregt wie ein Kind, als sie die Kirchenstufen hinaufeilte. Im Eingang drängte sich die Menge. So viele Menschen hatte sie schon lange nicht mehr in der Kirche gesehen.

Später, von ihrem Stehplatz aus, wurde Hanna Zeugin eines zauberhaften Krippenspiels. Natürlich war es nicht perfekt. Benjamin Craig als Hirte vergaß seinen Text, und der kleinen Maggie Turner fielen die Engelsflügel ab. Doch wie es möglich war, dass sich all die Tiere während der Aufführung mustergültig benahmen, blieb Hanna ein Rätsel.

Als das Krippenspiel zu Ende war, war die ganze Kirche erfüllt von Applaus und Beifallsrufen. Charles trat vor und kündigte an, dass es im Anschluss an den Gottesdienst Kaffee, Kakao und Plätzchen gebe und dass die Tiere in einer lebenden Krippenszene draußen vor der Kirche zu sehen seien. »Jedenfalls für eine Weile«, schloss er, »so lange es die Kinder und die Tiere in der Kälte aushalten. Doch während die Mitarbeiter alles aufbauen, lassen Sie uns gemeinsam noch einige Weihnachtslieder singen.«

Da Hanna ziemlich weit hinten stand, war sie eine der Ersten, die danach ins Freie gelangten. Dankbar, dem stickigen Vorraum entronnen zu sein, genoss sie die kühle Abendluft. Doch die Szene, die sich ihr bot, raubte ihr beinahe den Atem. *Wie eine lebende Weihnachtskarte*, dachte sie. Freiwillige Helfer hatten die Stallkulisse nach draußen getragen, wo sie, eingerahmt von Strohballen, von Myrtles Petroleumlaternen erleuchtet wurde. Die kleinen Darsteller und die Tiere bevölkerten den provisorischen Stall und boten ein unvergessliches Bild. Hanna entdeckte Olive und Judy bei den Kindern. Myrtle war nirgends zu sehen. Hoffentlich, dachte Hanna, hatte sie nicht auch noch ein Feuerwerk geplant und war unterwegs, um die Knallkörper zu holen.

Doch ihre Befürchtungen schienen sich nicht zu erfüllen.

Nach einer Weile machte sich Hanna, in der Gewissheit, sie würde sämtliche Einzelheiten später noch hören, beruhigt auf den Heimweg. Olive konnte sich wirklich glücklich schätzen – dies war das beste Krippenspiel, das die Stadt je gesehen hatte, und zugleich das am besten besuchte. Hanna beobachtete, wie auch Spaziergänger und andere Leute, die gar nicht in der Kirche gewesen waren, auf dem Gehweg stehen blieben und das Spektakel betrachteten. Als sie die Haustür aufschloss, lag ein Lächeln auf ihrem Gesicht.

## *15. Lichterglanz*

Am nächsten Tag, als Hanna ihren täglichen Arbeiten nachging, spürte sie eine Leichtigkeit und Freude, die sie in den vergangenen Wochen vermisst hatte. Es musste wohl an dem Krippenspiel liegen. Als hätte der gestrige Abend geholfen, die Dinge in einem neuen Licht zu sehen.

Ihre Freude wurde allerdings getrübt, als Charles berichtete, dass es vor der Aufführung zu einem heftigen Zusammenstoß zwischen Olive und Myrtle gekommen war. »Zum Glück waren die Kinder schon in der Kirche und zogen da ihre Kostüme an. Judy war bei ihnen und half beim Umziehen. Ihre Mutter traf draußen auf Myrtle und schäumte vor Wut, dass sie es gewagt hatte, die Sache mit den Tieren hinter ihrem Rücken durchzuziehen. Die beiden gerieten lautstark aneinander und kümmerten sich nicht darum, wie viele Gottesdienstbesucher Zeugen ihrer Auseinandersetzung wurden. Ich musste eingreifen und stellte sie vor die Wahl, entweder mit der Streiterei aufzuhören oder das Gelände zu verlassen.«

Offensichtlich hatte Charles' natürliche Autorität Wirkung gezeigt. Hanna war froh, dass sie nicht an seiner Stelle gewesen war, denn ihre Anwesenheit hätte auf die zwei Hitzköpfe nicht halb so viel Eindruck gemacht.

* * *

Heute sollte die traditionelle Weihnachtsfeier im »Guten Hirten« stattfinden. Wie jedes Jahr hatte Hanna auch einige alleinstehende Menschen aus der Gemeinde eingeladen. Insgesamt würden sie etwa dreißig Personen sein. Obwohl sie in weiser Voraussicht schon etliches im Voraus vorbereitet hatte, gab es noch viel zu tun, und sie verbrachte fast den ganzen Tag in der Küche. Sie war gern Gastgeberin und liebte es, ihre Gäste mit kulinarischen Spezialitäten zu verwöhnen. Zu ihrem großen Erstaunen unternahm heute niemand den Versuch, in ihr Revier einzudringen.

Da an Heiligabend viele Restaurants in der Stadt geschlossen hatten, hatte sie für die Hausgäste ein kleines Mittagsbüfett bereitgestellt. Und den wenigen Resten nach zu urteilen, hatten die Gäste dies sehr zu schätzen gewusst. Alles in allem war es ein ruhiger, friedlicher Tag.

Peter hatte die Idee gehabt, zum Schlittenfahren zum Tannenhügel zu gehen, und einige Gäste eingeladen, ihn zu begleiten. Sogar Charles war mitgegangen und wollte, nach alter Tradition, danach ein Lagerfeuer anzünden. Hanna vermutete, dass die Gruppe bald nach Einbruch der Dämmerung zurück sein würde. Alle würden müde, durchgefroren und hungrig sein, und sie wollte dafür sorgen, dass etwas Heißes zu trinken und reichlich zu essen bereitstand. Die Weihnachtsfeier war offiziell erst für achtzehn Uhr angesetzt, doch für die Hausgäste konnte sie ruhig eher beginnen.

Als der Nachmittag sich dem Ende zuneigte, ging sie durchs

ganze Haus, steckte die Lichterketten ein, zündete Kerzen an und legte weihnachtliche Musik auf. Unwillkürlich blieb sie stehen, als sie an dem Tisch vorbeikam, wo der Porzellanengel gestanden hatte, und schüttelte traurig den Kopf. Wahrscheinlich würde sie nie erfahren, wo er geblieben war. Vielleicht hatte die kleine Julia ihn aus Versehen kaputt gemacht und die zerbrochenen Teile versteckt. So etwas hatten damals ihre Kinder auch gemacht. Wenn es so gewesen war, hoffte sie jedenfalls, dass das kleine Mädchen früher oder später erzählen würde, was passiert war. Schuldgefühle konnten Kinder über Jahre belasten. Doch sie sagte sich zum wiederholten Mal, dass der Verlust des Engels nichts Tragisches war und sie endlich aufhören sollte, sich darüber Gedanken zu machen.

Bald erstrahlte das Haus von innen und außen in weihnachtlichem Lichterglanz. Hanna ging ans Fenster und sah hinaus auf die verschneite Straße.

Es dauerte nicht lange, bis die Schlittenfahrer wiederkamen – wie sie vermutet hatte, waren sie müde, durchgefroren und hungrig. Doch sie waren in bester Laune und stürzten sich begeistert auf die leckeren Häppchen auf dem Büfett. Selbst die Fields waren mit von der Partie gewesen und hatten offensichtlich beschlossen, einen Waffenstillstand einzulegen. Michael und Melanie Thomas waren begeistert von der kleinen Julia und hatten sie als ihre »Nichte« adoptiert. Und Hanna sah mit Freude und Erstaunen, dass Leslie und Peter sich nähergekommen waren und viel gemeinsam zu haben schienen. Als sie Charles darauf ansprach, schwieg er und zwinkerte ihr zu.

Collin und Amy klingelten kurz vor achtzehn Uhr. Hanna hatte die beiden seit dem Abend vor dem Krippenspiel nicht mehr gesprochen, und dann auch nur flüchtig. Sie hoffte, dass bei ihnen alles in Ordnung war. Aber sie schienen guter Dinge zu sein und hatten sich sogar fein gemacht. Collin trug ein Hemd, wenn auch leicht zerknittert, mit Krawatte, und Amy sah bezaubernd aus in ihrem langen grünen Kleid, das dieselbe Farbe wie ihre Augen hatte.

»Wie geht es Ihnen inzwischen?«, fragte Hanna teilnahmsvoll und begleitete Amy zum Büfett.

»Es geht so, danke. Die Rückenschmerzen sind nicht mehr ganz so schlimm.« Sie sah sich verstohlen um, ob ihnen jemand zuhörte. »Aber ich habe noch nie ein Kind bekommen und kenne mich in diesen Dingen nicht aus ...«

»In welchen Dingen?« Hanna sah Amy neugierig an.

»Können wir vielleicht woanders reden?« Amy deutete auf die Küche. Hanna hielt die Schwingtür für sie auf.

»Was ist denn los?«, fragte Hanna, nun mit Besorgnis in der Stimme.

»Ich weiß nicht, ob ich Wehen habe. Es tut nicht weh, und Wehen müssen doch schmerzhaft sein, oder?«

Hanna nickte und dachte nach. »Nun ja, zuerst nicht unbedingt. Wehen äußern sich zunächst in einem leichten Zusammenziehen der Muskeln. Sie spüren vielleicht, wie Ihr Bauch hart wird.«

»Ja, so ähnlich fühlt es sich an.«

»Aber es könnten auch Vorwehen sein, sogenannte falsche Wehen. Sie fühlen sich an wie Geburtswehen, sind aber keine. Ich hatte wochenlang falsche Wehen, bevor Katie geboren wurde. Es war zum Verrücktwerden.«

»Vielleicht ist das bei mir genauso«, sagte Amy erleichtert. »Mir wäre es echt lieber, wenn das Kind noch wartet, bis wir in Kalifornien sind.«

Hanna legte ihr beruhigend die Hand auf den Arm. »Und das wird es wahrscheinlich auch. Man sagt ja, dass es beim ersten Kind immer länger dauert. Mein erstes Baby kam zwei Wochen nach dem eigentlichen Geburtstermin.«

Die beiden Frauen begaben sich wieder ins Esszimmer und mischten sich unter die Gäste.

Mr Benson hatte sich ebenfalls in Schale geworfen, mit weißem Hemd und roter Fliege. »Sie sehen sehr festlich aus«, sagte Hanna anerkennend, während sie ihm einen Teller reichte.

»Und das hier auch!«, sagte er und deutete auf das Büfett.

Nach und nach trudelten die übrigen Gäste ein, und bald war das ganze Haus erfüllt von Stimmen und fröhlichem Gelächter. *Fast so wie immer, wenn unsere Kinder hier sind*, dachte Hanna, während sie in die Küche ging, um die Käseplatte nachzufüllen. Aber eben nur fast. Doch auf jeden Fall besser, als allein zu sein. Und ihre Gäste dachten bestimmt ebenso. Dabei fiel ihr auf, dass sie Myrtle noch gar nicht gesehen hatte. Doch sie ging davon aus, dass es nur eine Frage der Zeit war, bis sie erscheinen und die Aufmerksamkeit aller auf sich ziehen würde – vielleicht mit einer Bußpredigt über die wahre Bedeutung des Christfests. Keiner wäre wohl allzu böse, wenn sie damit noch ein Weilchen warten würde.

Als Hanna mit der Käseplatte zurückkam, sah sie, dass Peter am Klavier Platz genommen hatte und ein Weihnachtslied spielte. Eine Gruppe Sangesfreudiger war um ihn versammelt und tat ihr Bestes, obwohl den meisten von ihnen nur die erste Strophe bekannt war. Überall hatten sich Grüppchen gebildet, die sich bald wieder angeregt unterhielten, und soweit Hanna sehen konnte, fühlten sich alle Gäste wohl.

Zum zweiten Mal an diesem Abend fiel ihr auf, dass Myrtle nirgends zu sehen war. Sie beschloss, Charles zu fragen, denn sie hatte den leisen Verdacht, dass Myrtle in der Zeit, als sie selbst in der Küche gewesen war, hinzugestoßen und sich mit jemandem überworfen hatte, womöglich mit dem armen Mr Benson.

Doch dessen Laune schien ungetrübt, er unterhielt sich bestens mit Millie Mortenson aus der Stadt, die gerade Fotos von ihren Enkelkindern herumreichte.

Auch Charles hatte Myrtle nicht gesehen.

»Überhaupt nicht?«

»Keine Spur von ihr. Jetzt, wo du es sagt, fällt mir auf, dass ich sie seit gestern Abend nicht mehr gesehen habe.«

»Auch nicht beim Frühstück?«, hakte Hanna nach. »Ich war so beschäftigt, dass ich nicht darauf geachtet habe, wer wann kam oder ging.«

»Warte mal ... Ich habe mich eine gute halbe Stunde am Frühstückstisch aufgehalten. In der Zeit hat Myrtle sich nicht blicken lassen.« Er konnte sich nicht verkneifen, hinzuzufügen: »Deshalb konnte ich in Ruhe frühstücken.« Er lächelte etwas schuldbewusst. »Entschuldige, das war gehässig von mir. Aber, ehrlich gesagt, der Abend ist so schön und harmonisch ... Warum sollten wir dann Myrtle zur Geselligkeit nötigen, wenn sie es heute vorzieht, allein zu sein?«

Hanna musste sich eingestehen, dass er damit nicht unrecht hatte, und nickte zustimmend. »Ja, vielleicht braucht sie etwas Abstand, um über manche Dinge nachzudenken. Aber ich hoffe, sie hat kein schlechtes Gewissen wegen gestern. Oder meinst du, sie kommt deshalb nicht?«

Er streichelte ihr über die Schulter. »Meine Vermutung ist eher, der gestrige Tag hat sie so angestrengt, dass sie einfach nur müde ist. Und vielleicht hat sie kurz gefrühstückt, als niemand von uns in der Nähe war. Außerdem hattest du mittags die köstlichen Häppchen rausgestellt ... Ich bin sicher, sie hat reichlich zugelangt und sich danach zu einem längeren Nickerchen zurückgezogen. Mach dir keine Sorgen, Liebes. Myrtle wird kommen, sobald sie ausgeschlafen hat.«

»Wahrscheinlich hast du recht.«

In den folgenden zwei Stunden lief Hanna geschäftig hin und her, sorgte für Essensnachschub und unterhielt sich mit ihren Gästen. Als sie auf die Uhr schaute, konnte sie nicht glauben, wie fortgeschritten die Zeit schon war. Myrtle war immer noch nicht zu sehen.

»Hat jemand von Ihnen Myrtle gesehen?«, fragte sie die Gäste, doch alle verneinten.

»Das letzte Mal gestern Abend«, sagte Mr Benson und fügte kaum hörbar hinzu: »Und ich habe sie nicht unbedingt vermisst.«

»Sie ist wahrscheinlich noch müde von den Strapazen gestern«, wiederholte Hanna die Worte ihres Mannes, obwohl sie selbst nicht recht daran glaubte.

* * *

Es war spät geworden, und die Feier ging dem Ende zu. Myrtle blieb verschwunden. Charles war immer noch überzeugt, sie habe eine gehörige Portion Schlaf nachzuholen und es bestünde kein Grund zur Aufregung. »Sie hat sich hier eine Menge Arbeit zugemutet«, gab er zu bedenken. »Und immerhin ist sie nicht mehr die Jüngste. Außerdem ist morgen der erste Weihnachtstag«, sagte er augenzwinkernd zu Hanna, »und du kannst Gift drauf nehmen, dass sie in aller Herrgottsfrühe in der Küche steht und dich um deine Andachtszeit bringt. Du wirst schon sehen.«

Hanna gab sich geschlagen. Mit seiner nüchternen Einschätzung hatte Charles meistens recht.

Doch als sie im Bett lag, kreisten ihre Gedanken immer noch um Myrtle. Vielleicht ging es ihr nicht gut? Sie hätte wirklich im Laufe des Abends nach ihr sehen müssen und fragen, ob alles in Ordnung war. Nun war es zu spät, um noch zu stören. Den Fehler hatte Hanna einmal gemacht, als sie einen älteren Gast aus seinem gesunden Schlaf aufgescheucht hatte. Er hatte sich daraufhin pikiert über ihr Eindringen in seine Privatsphäre beschwert. Und gerade von Myrtle wollte sie sich keine derartigen Vorwürfe machen lassen. Charles würde bestimmt recht behalten. Sie würde Myrtle morgen noch früh genug sehen.

## *16. Der verschwundene Engel*

Am Morgen des fünfundzwanzigsten Dezembers saß Hanna in ihrer Küche und las ungestört ein ganzes Kapitel aus ihrem Andachtsbuch. Danach half Charles beim Vorbereiten eines besonders festlichen Weihnachtsfrühstücks. Myrtle schien noch immer zu schlafen. Die anderen Gäste bemerkten ihre Abwesenheit ebenfalls. Schließlich hielt Hanna es nicht länger aus.

»Ich gehe mal nachsehen«, sagte sie und versuchte, das Zittern in ihrer Stimme zu verbergen. Einen Augenblick überlegte sie, ob sie Charles bitten sollte mitzukommen, doch sie ließ es bleiben, um die übrigen Gäste nicht zu beunruhigen.

»Ich komme mit«, sagte Charles unaufgefordert. Hanna wäre ihm vor Dankbarkeit am liebsten um den Hals gefallen, doch sie nickte bloß.

»Ich bin sicher, es geht ihr gut«, sagte er auf dem Weg nach oben, »aber ich verstehe, dass du dir Sorgen machst.«

»Sie ist doch sonst eine ausgesprochene Frühaufsteherin«, sagte Hanna schwach und wusste, dass sie beide das Schlimmste befürchteten.

Nun standen sie vor Myrtles Zimmertür. Hanna klopfte an, zuerst leise, dann lauter. Als sich nichts rührte, rief sie Myrtles Namen und wartete. Doch auf der anderen Seite der Tür blieb es still.

»Ich hoffe, dass der Schlüssel nicht von innen steckt«, meinte Hanna und zog den Zweitschlüssel aus der Tasche. Aber Charles hatte schon die Klinke heruntergedrückt. Die Tür war unverschlossen. Hanna atmete tief durch und wappnete sich für den Anblick, der sich ihnen bieten mochte. Die Tür schwang auf und gab den Blick frei auf ein ordentlich gemachtes Bett. Das ganze Zimmer war tadellos aufgeräumt und sah so aus, als habe

Myrtle nie darin gewohnt. Wo auch immer sie war, hier befand sie sich jedenfalls nicht.

»Wo mag sie bloß sein?« Ratlosigkeit spiegelte sich auf Hannas Gesicht.

»Und wo sind ihre Sachen?«, fragte Charles, während er sich im Raum umsah, als suche er nach einem Hinweis für ihr Verschwinden.

Hanna schüttelte den Kopf. »Ich kann mir einfach keinen Reim darauf machen.«

»Sieh mal«, sagte Charles plötzlich, »dort, auf der Kommode.«

Als Hanna den Blick wandte, sah sie auf einmal, dass ihr kleiner Porzellanengel dort stand. »Mein Engel!«, rief sie. »Was soll …«

»Da ist noch etwas!« Charles hob den Engel vorsichtig hoch. Darunter lag ein kleiner weißer Briefumschlag, auf dem ein Hirte mit einem Lamm abgebildet war – das hauseigene Briefpapier.

»An Charles und Hanna Gordon«, las sie, als Charles ihr den Umschlag reichte. Sie öffnete ihn langsam und sah, dass er Geld enthielt. »Was ist das?« Sie reichte Charles die Geldscheine und las laut vor, was in kindlich anmutender Schrift in dem Brief stand: »Danke für Ihre Gastfreundschaft in Ihrem schönen Haus. Es tut mir leid, dass ich nicht bleiben und mich verabschieden konnte, aber es ist Zeit für mich zu gehen. Collin und Amy können in der zweiten Woche an meiner Stelle in diesem Zimmer wohnen. Ich hatte ja bereits im Voraus für zwei Wochen bezahlt. Das beiliegende Geld ist für den Fall, dass sie noch länger bleiben wollen. Oder sie können es als Benzingeld nutzen. Vielen Dank, dass Sie das für mich regeln. Mit freundlichen Grüßen, Myrtle.«

»Sie ist also wirklich sang- und klanglos abgereist.« Hanna sah sich noch einmal im Zimmer um, als könnte sie es nicht glauben. »Und ich dachte, wir würden sie noch eine Woche bei uns haben.«

Charles schüttelte den Kopf. »Aber wie hat sie es angestellt, so unbemerkt zu verschwinden? Sie hat kein Auto. Wäre jemand gekommen, um sie abzuholen, hätten wir das doch merken müssen. Hast du jemanden gesehen?«

»Nein.«

»Vielleicht wurde sie schon am Freitag abgeholt, während des Krippenspiels oder unmittelbar danach. Womöglich hat sie ihre Abreise so diskret inszeniert, dass es niemand bemerkt hat. Und bei dem Rummel am Freitagabend war das auch kein Kunststück.«

»Das wäre zwar eine plausible Erklärung ...« In Hannas Stimme lagen immer noch Zweifel. »Trotzdem ist es merkwürdig. Warum sollte sie so still und leise verschwinden? Das passt irgendwie nicht zu ihr. Myrtle war alles andere als diskret und sie kümmerte sich nie darum, was die Leute von ihr dachten.«

»Da hast du auch wieder recht.« Charles machte ein bekümmertes Gesicht. »Vielleicht ist es meine Schuld, weil ich den beiden Frauen mit einem Platzverweis gedroht habe, falls sie nicht aufhörten zu streiten. Dabei hatte ich aber auch Olive gemeint, nicht nur Myrtle.«

»Oh, ich glaube nicht, dass Myrtle sich so etwas so leicht zu Herzen nimmt«, erwiderte Hanna.

»Meinst du, sie könnte sich zu Fuß aufgemacht haben?«, fragte er nach einer Weile.

»Das glaube ich nicht, mit Gepäck und wie Myrtle zu Fuß ist ...«

»Trotzdem würde ich gern einmal die Gegend abfahren und in der Stadt nachsehen, nur für den Fall. Der Gedanke, dass Myrtle irgendwo da draußen allein im Schnee herumirrt, ist furchtbar. Wir würden uns ewig Vorwürfe machen, wenn ihr etwas zugestoßen sein sollte.«

»Ja, ich glaube, das wäre gut. Aber lass mich vorher rasch bei ihr zu Hause anrufen. Vielleicht ist sie ja schon gesund und munter daheim angekommen.«

Er lächelte sie an. »Du hast immer die besten Ideen.«

Unten am Rezeptionstisch zog Hanna Myrtles Anmeldeformular aus ihrem Hängeordner. Verwundert ließ sie das Papier sinken. Abgesehen von Myrtles Namen war das Blatt leer. »Aber du sagtest doch, sie hätte das ausgefüllt.« Hanna blickte ihren Mann ratlos an.

Charles rückte seine Brille zurecht. »Das dachte ich auch.« Er rieb sich das Kinn. »Nun erinnere ich mich, wie es war. Sie wollte in bar bezahlen, und ich habe mich aufs Addieren konzentriert und darauf, ihr das richtige Wechselgeld herauszugeben. Dabei habe ich das Anmeldeformular in dem Moment wenig beachtet. Ich muss es dann ganz in Gedanken in den Hängeordner gesteckt haben, ohne einen Blick darauf zu werfen.«

»Die ganze Geschichte ist sowieso äußerst seltsam, Charles. Jemand lädt diese wunderliche alte Frau vor unserer Haustür ab, sie bezahlt für zwei Wochen im Voraus und verschwindet dann nach einer Woche auf mysteriöse Weise. Vielleicht ist sie eine flüchtige Patientin aus irgendeiner Klinik.«

»Oder ein Engel.«

Sie drehte sich um und sah Charles mit großen Augen an. »Du glaubst wirklich ...?«

Er lächelte schwach. »Zugegeben, ein etwas merkwürdiger Engel.«

»In der Tat.«

In dem Augenblick hörten sie die Klingel. Es klang, als ob jemand mit Fäusten gegen die Haustür trommelte.

»Wer ist denn ...« Hanna hastete durch die Eingangshalle.

Draußen stand Collin mit leichenblassem Gesicht. »Amy hat Wehen!», rief er. »Was soll ich jetzt machen?«

Einige Gäste schauten neugierig aus den Zimmern. Hanna blickte Charles an. »Sollen wir sie ins Krankenhaus fahren?«

»Nein!« Collin wehrte heftig ab. »Das will Amy nicht. Als ich sie gefragt habe, hat sie ziemlich wütend reagiert. Ich musste ihr versprechen, dass sie nicht ins Krankenhaus muss. Aber jetzt bin ich mir nicht mehr so sicher. Was soll ich tun?«

»Meinen Sie, wir können sie ins Haus bringen?«, fragte Hanna. »Schafft sie es die Treppe hinauf?«

»Die Treppe?« Collin schaute verwirrt von einem zum anderen.

»Myrtle ist abgereist und hat ihr Zimmer für Sie frei gemacht. Es war ihr ausdrücklicher Wunsch, dass Sie beide dort wohnen sollen. Um die Kosten brauchen Sie sich keine Sorgen zu machen.«

Collin blickte sie verwirrt und ungläubig an, doch dann hellte sich seine Miene auf. »Echt?«

»Ja. Kann Amy noch gehen?«

»Ich frage sie.«

»Ich komme mit, falls Sie Hilfe brauchen«, bot Charles an.

Hanna eilte ans Telefon. Es war ihr zwar unangenehm, Helen am ersten Weihnachtstag zu stören, doch schließlich hatte sie versichert, dass sie jederzeit zur Verfügung stünde.

Wie sich herausstellte, freute Helen sich sogar über die Abwechslung. »Nein, es macht mir überhaupt nichts aus, Hanna. Paul und ich sind sowieso allein und wir haben nichts vor. Ich sage ihm, er soll mich gleich zu euch fahren, sobald ich meine Tasche gepackt habe.«

Den Hausgästen war die Aufregung nicht entgangen. Hanna sah mit Verwunderung, wie sich alle, die Zeugen der Ereignisse geworden waren, anboten zu helfen. Die Mutter von Julia, deren Geburt noch nicht allzu lange zurücklag, war bereit, Amy zur Seite zu stehen und sie beim richtigen Atmen zu unterstützen. In der Zwischenzeit spielten Melanie und Michael mit Julia und lasen ihr Bilderbücher vor. Hanna lief hin und her, um sicherzustellen, dass Helen und Leslie alles hatten, was sie für Amy brauchten. Carmen und Jim Fields sprangen ebenfalls ein, räumten den Frühstückstisch ab und erledigten die Küchenarbeit. Und Mr Benson war bald darauf mit Paul, Helens Mann, in ein Schachspiel vertieft.

In der Zwischenzeit fuhr Charles mit dem Auto die Stadt und die Umgebung ab. Zuvor hatte er Peter um Mithilfe gebeten, und nun suchten sie gemeinsam nach Myrtle. Nach einer Weile trafen sie sich in der ausgestorbenen Hauptstraße, und da Myrtle nicht irgendwo halb erfroren am Straßenrand lag, beschlossen sie, zum »Guten Hirten« zurückzufahren.

Am Nachmittag wurden Amys Wehen stärker. Im Haus fassten weiterhin alle mit an und halfen bei der Vorbereitung des Weihnachtsessens. Die Gäste machten ihre Zimmer selbst, wechselten die Handtücher und brachten die Wäsche in die Waschküche, sodass Hanna sogar Zeit fand, für ein paar Minuten die müden Beine hochzulegen.

* * *

Um 15.45 Uhr erblickte Angela Myrtle das Licht der Welt. Nachdem sie Helen dabei geholfen hatte, das Baby zu waschen und in ein weiches Handtuch zu wickeln, ging Hanna nach unten, um ihre Küchenwaage zu holen. Das kleine Bündel wog etwas über dreieinhalb Kilo.

»Angela Myrtle«, sagte Hanna, »ein hübscher Name.« Behutsam schob sie dabei ein weiteres Kissen unter den Kopf der erschöpften Mutter.

Amy lächelte. »Angela nach Collins Großmutter. Und Myrtle nach der großzügigen Frau, der wir es zu verdanken haben, dass unser Kind in diesem tollen Zimmer geboren wurde.« Ihr Blick schweifte durch den geschmackvoll eingerichteten Raum und blieb an einem Bild hängen, das eine friedliche Hirtenszene zeigte. »Ich komme mir vor wie im Himmel«, sagte sie. »Nie hätte ich mir träumen lassen, mein Kind in so einem schönen Zimmer zur Welt zu bringen.«

»Ja, Myrtles Timing hätte nicht besser sein können«, meinte Hanna, während sie ein paar Handtücher vom Boden aufhob.

»Wo ist sie jetzt überhaupt?«, fragte Collin. Er saß am Fußende des Bettes und hielt seine neugeborene Tochter im Arm.

»Wir wissen es nicht«, gab Hanna zu. »Aber es scheint, als habe sie ihren Auftrag hier erfüllt.«

»Welchen Auftrag?«

Hanna lächelte in sich hinein. »Ich denke, wir alle haben von Gott eine bestimmte Aufgabe auf dieser Welt bekommen.«

Irgendwie fanden der Truthahn, die Soße und die restlichen Zutaten für das Weihnachtsessen rechtzeitig den Weg ins Esszimmer. Charles und Hanna sowie alle Gäste einschließlich Peter, Helen und Paul versammelten sich um den großen Tisch. Nur die junge Familie war oben geblieben. Charles sprach das Tischgebet und dankte Gott ausdrücklich dafür, dass er ihnen Myrtle gesandt hatte.

»Sie glauben also wirklich, dass Gott Myrtle hierher geschickt hat?«, fragte Mr Benson skeptisch.

Charles nickte feierlich. »Ja, das tue ich. Es tut mir nur leid, dass ich das nicht früher bemerkt habe.«

Auf einmal begannen alle, von ihren eigenen Erfahrungen und Gesprächen mit der rätselhaften alten Dame zu erzählen. Und die meisten mussten zugeben, dass sie sich zwar über Myrtles direkte Art geärgert, doch im Nachhinein gespürt hatten, dass Myrtle Dinge in ihrem Leben berührt hatte, die einer heilsamen Veränderung bedurften.

Natürlich war man geteilter Meinung darüber, ob Myrtle von Gott auf direktem Weg vom Himmel auf die Erde gesandt worden war, obwohl manche diese Möglichkeit nicht ausschlossen.

Wer konnte schon mit Sicherheit sagen, ob es nicht doch so gewesen war?

»Vielleicht ist es gar nicht so wichtig zu wissen, woher sie kam«, meinte Charles schließlich, »solange wir wissen, dass Gott jemanden wie Myrtle – unberechenbar und unbequem, wie sie ist – gebrauchen kann, um unser Leben zu berühren. Ich glaube, das ist es, was zählt.«

Hanna jedoch war felsenfest davon überzeugt, dass sie in Myrtle einen Engel aufgenommen hatten. Genau wie Charles wünschte auch sie sich, sie hätte es eher gemerkt und Myrtle mehr Liebe und Verständnis entgegengebracht. Andererseits, so dachte sie, wäre vielleicht sonst alles ganz anders gekommen. Denn ohne ihre Tarnung als schrullige alte Frau wäre es für Myrtle vielleicht unmöglich gewesen, ihre Mission auf der Erde zu erfüllen.

Melody Carlson

*Lena*

Ich dachte, ich bin die einzige
Jungfrau auf der Welt

ab 14 Jahren

208 Seiten, Taschenbuch
ISBN 978-3-7655-4062-2

Ihr Leben ist so peinlich. Findet sie. Denn Lena ist 16 und hat noch keinen Freund! Außerdem hat sie den Verdacht, dass sie die einzige Jungfrau auf der Welt ist – oder zumindest in ihrer Klasse. Als Justin sich für sie interessiert, ist Lena total glücklich. Denn er sieht gut aus, ist sportlich, etwas älter – sie verliebt sich sofort in ihn.

Bald darauf macht sie eine schockierende Entdeckung: Ein Junge betrügt Lenas beste Freundin mit einer anderen! Justin findet das gar nicht schlimm. Lena kommen Zweifel, ob Justin wirklich der ist, für den sie ihn bisher gehalten hat. Bald will er offensichtlich mehr von ihr. Lena hat Angst, ihn zu enttäuschen und ihn damit zu verlieren. Eines Tages schreitet Justin rücksichtslos zur Tat. Lena kann sich retten. Ein anderer Junge aus ihrer Schule kommt ihr zu Hilfe. Durch die Freundschaft mit ihm lernt sie den Glauben kennen, der ihr hilft, selbstbewusster ihren eigenen Weg zu gehen.

BRUNNEN VERLAG GIESSEN
www.brunnen-verlag.de